When I hear her voice on the stream,
it`s the beginning of a love.
JN073407

[name]
長谷川壮一
SOUICHI HASEGAWA
高校二年生。
御簾納とは図書委員で
知り合う。

[name]
長谷川二胡
NIKO HASEGAWA
兄の恋路を応援する
壮一のできた妹。

[name]
御簾納咲
SAKI MISUNO
高校一年生。
文学好きのサブカル少女。
なにかとセンスがいい
クール な後輩。

プロローグ | PROLOGUE

Fly me to the Dawn

When I hear her voice on the stream,
it`s the beginning of a love.

画面の向こうで、二百人近いリスナーがわたしを待っていた。
暗い部屋の中、異界へのゲートみたいに光っているパソコンディスプレイ。
表示されているのは、見慣れた配信用ソフトだ。
設定しておいたシーン一覧とソース一覧。
オーディオミキサーに、配信イメージ画面。
一通り確認してから、わたしはいつも通りルーティンをはじめる。
「……マイクOK、ヘッドフォンOK、アプリOK、お茶OK」
けれど――、
「んん……喉もOK……」
――うまく入り込めない。
いつものように、配信者モードになることができない。
そわそわして、お尻が落ち着かなくて。気もそぞろで呼吸も浅い。
――理由はわかってる。
今日、先輩との間に起きた『ある事件』のせいだ。
わたしが片思いしていた彼。そんな彼が、ようやくくれたとある言葉。
本当はうれしかったはずなのに、その返事をずっと待っていたはずなのに――。

なんで……わたし。

先輩に、あんなことを……。

――思わず「ああ～！」とか叫びそうになる。

――頭を抱えて机に突っ伏しそうになる。

それでも――、

「……いけないいけない！」

これから配信がはじまるんだ。こんなことを考えている場合じゃない。

一度深呼吸して、視線をディスプレイに向ける。

「よし……切り替えていこう。落ち着け、わたし！」

まずは、目の前にあることをきちんとこなそう。

問題は山積みだけど、わかんないことだらけだけど……今は後悔したり、悩んだりしている場合じゃないんだ！

マウスに手を伸ばし、ポインタを放送開始ボタンに持っていく。

そして、わたしは人差し指に力を込め、

「――スタート！」

今夜の配信を開始した。

恋は夜空をわたって

2

Fly me to the Dawn

[volume] TWO

When I hear her voice on the stream,
it's the beginning of a love.

[著] 岬 鷺宮
SAGINOMIYA MISAKI
[イラスト] しゅがお

第 1 話　大混乱だよ！

Fly me to the Dawn

When I hear her voice on the stream,
it`s the beginning of a love.

「――先輩。どうしたんですか？」

帰り道。学校から少し離れた公園で。

彼女は――俺の後輩である御簾納咲は、不思議そうに首をかしげていた。

「急にこんな、話がしたいだなんて……」

冬の色合いが濃くなってきた景色の中、ショートヘアーが頬にこぼれる。

賢そうな目は真っ直ぐに俺を向き、薄い唇は小さくすぼめられている。

……そりゃ、不思議に思うよな。

いつも通り図書委員の仕事を終えたあと。突然「大事な話がある」なんて言われたら……。

――今日俺は、どうしても伝えたいことがあってここに来てもらっていた。

ずっと待ってもらっていた、とても大切な話。

二人の関係を大きく変える、その答え。

それを――ついに伝えるときが来たんだ！

「ごめんな、御簾納。ずいぶん待たせたけど、気持ちが決まったんだ」

「へっ……」

「好きだって言ってくれて、うれしかった。やっとそれに応えられそうなんだ」

「そ、それって」

「ああ……」

御簾納は目を見開き、小さく唇を震わせている。

俺がこれから何を言うのか、予想がついたみたいだ。

——そう。

俺がこれからするのは——告白の返事だ。

一ヶ月ほど前、御簾納は俺に気持ちを伝えてくれた。好きだと言ってくれた。

そして……俺が本当に御簾納を好きになったら、付き合ってほしいと。

その答えを、俺はこれから彼女に伝える……！

俺の気持ちを、彼女に打ちあけるんだ！

「……んん」

小さく咳払いして、改めて御簾納と向かい合う。

そして俺は、胸にうれしさと希望を抱えて、

「好きだよ、御簾納」

——はっきりと彼女にこう言った。

「俺と――付き合ってください！」

――ぽかんとする御簾納。

わかってはいても、言葉を受け止めるのに時間がかかるみたいだ。

そんな彼女を前に、俺の頭には今後のイメージが浮かび続けていた。

きっと、楽しいことが沢山あるんだろう。

どこかにデートしに行ったりお互いの家に遊びに行ったり。誕生日やクリスマスにはパーティだってしたい。俺、実は憧れてたんだよなあ。そういうイベント……。

……まあ、女の子と付き合うなんて初めてなわけで。正直不安もある。

それでも……御簾納と二人なら、乗り切れる気がした。そう思ったからこそ、俺は彼女に気持ちを伝えたいと思ったんだ。

短い沈黙のあと――御簾納は小さく口を開き、

「ごめんなさい」

そう答えてくれた。

つぶやくような、彼女らしい声だった。

「そっか……ありがとう。じゃあ、これからもよろしくな」

照れくささに頬をかきながら、俺も彼女にそう返す。

「先輩後輩だけじゃなくて、彼氏彼女としても……ん？」

……え、あれ？

……なんか……おかしくなかったか？

御簾納の返事が、何か、想定外だった気が……、

「――ごめんなさい」


戸惑う俺に――真っ直ぐ目を向け。酷く固い声で、もう一度御簾納は言う。

そして、さらにはっきりと――、

「お付き合い――できません」


――その言葉に。

ようやく理解できた彼女の返事に――。


「――えええええええええ⁉」

俺の絶叫が、冬の空に響いて溶けていった――。

*

「ただい、ま……」

自宅に帰り着き、玄関のドアを開ける。

「お帰りー、お兄！」

リビングから、いつも通り二胡の声がする。

我が妹ながらかわいげな、どこか楽しげな声色。

普段だったら、返事しつつそっちに行くのだけど。きっとゲームか何かをしてるんだろう。気分が乗れば話をしたり、一緒にゲームしたりもするのだけど、

「……」

今日はまったくそんな気になれない。

無言のまま階段を上り、自室に到着。

そして、片隅に置いてあったギターを手に取り――、

「――ああっ！　ああああ～～!!」

──感情のままに、激しく演奏をはじめた！

「うおおおおん！　なんで！　どうしてぇぇぇぇぇ⁉」


──絶望していた。

御簾納に予想外に振られた俺は──完全に、この世に絶望してしまっていた！

近所迷惑だろうけれど、止められない！

持てる技術全て駆使して、この苦しい気持ちを音にしていく──。

「ううっ、うあああ～！」

ジミヘンよ、ナイル・ロジャースよ、トム・ミッシュよ！

今は俺に力を与えてくれ！

この苦しみを少しでも、音楽の力でやわらげてくれ……！

「──ちょ、ちょっとどうしたのお兄⁉」

二胡が部屋に駆け込んで来た。

彼女は俺を見ると、酷くぎょっとした様子で、

「何号泣してるの⁉」

「……振られた」

「は⁉」

「御簾納に、振られたあああああ！」

「ええっ⁉」

「――あああっ！　うわあああああ！」

叫びながら、一層激しくギターをかき鳴らす。

もう、一生こうしていたい！

ギターだけ弾いて、ただただその音の渦に埋もれていたい！

けれど――、

「――ちょ、ストップストップ！」

二胡が――引っこ抜いた。

ギターのシールドを、オーディオインターフェイスから引っこ抜いた。

突如途切れるギターの音。

部屋に降りる、耳の痛くなるような静けさ……。

「ううう……」

「なんで振られたの⁉」

思わず呻く俺に、二胡は食いつくように尋ねてくる。

「わかんねえ」

「告白したんだよね⁉　変な言い方しないで、ちゃんと好きだって言った⁉」

「うん……」

「こっちの要求もわかりやすく伝えた⁉　付き合ってくださいとか」

「伝えた……」

「なのに振られたの⁉」

「うん……」

うなずくと、二胡は一層混乱した様子で、

「……どうして？　つい最近までめちゃくちゃ良い感じだったじゃない！」

そう——それが謎なんだ。

どうして振られてしまったのか。

告白を、断られてしまったのか——。

「俺もマジでわかんねえんだ。どうしてだろう。なんで振られたんだ……」

正直……こんな風になるなんて思ってもみなかった。

御簾納の告白から一ヶ月。色々あったと言えばあったけれど、俺たちの関係はずっと良好で。

断られる可能性があるなんて一ミリだって思っていなかった……。

むしろ……喜んでもらえるかと。

俺からの告白を、御簾納もうれしがってくれると思っていたのに……。

「俺、ここからどうすれば……」

もうマジで、今後どう振る舞えばいいんだろうな。

なんでこうなったのかわからない以上、変に行動するわけにもいかない。ただ、放っておいても来週には図書委員で御簾納と顔を合わせるわけで……。俺、一体どうすれば……。

「……なるほどね。まさかの展開。お兄的にも心当たりはなし、か」

二胡はふっと息を吐き出し、決心した様子でベッドに腰掛けた。

そして、腕を組みこちらを見ると――、

「よし、仕方ない。泣いててもしょうがないよ。まずはちゃんと理由を探ろう」

「理由？」

尋ねる俺に、二胡は力強くうなずき。

「なんで御簾納ちゃんがお兄を振ったのか。あっちから好きだって言っておいて付き合えないのか。それを突き止めよう。理由がわかれば、対処もできるでしょ」

――その言葉に。

二胡の提案に――さっと光が差し込んだ気がする。

「……助けてくれるのか⁉　一緒に考えてくれるのか⁉」

「まあね。このままじゃ、毎晩泣きのギターが聞こえそうだし」

照れたように視線を逸らす二胡。

ただ、もう一度こちらを見ると、困ったように苦笑いして、

「ここまで首突っ込んだんだから、さすがにもうちょっと付き合いますよ」

「……二胡～～」

思わず、情けない声でそう呼んでしまった。

ああもう……俺はなんて良い妹を持ったんだ！

我ながら鈍いところのある俺に比べて、二胡の勘は鋭い。

これまでも何度も助けられてきたし、内心尊敬もしている。

だからそんな風に言ってもらえるのが……力を貸してくれるのが、心の底からありがたい。

本当に、俺には出来すぎた妹です……！

思わず抱きついちゃいそう……。

「はいはい……」

呆れたように笑いながら、それでも二胡はまんざらでもなさげだ。

そして、彼女は小さく咳払いして、ベッドの上で背筋を伸ばし、

「じゃあ手始めに……これまでのこと思い出してみようか！」

＊

——俺と御簾納は、図書委員会の先輩後輩の間柄だった。

同じ水曜担当で、毎週一緒に仕事をしていて……うん。仲は悪くなかったけれど、特に親しいわけでもない。ツンツンした後輩と、適当な先輩っていうよくある関係だったと思う。

けれどある晩。俺が御簾納が生配信をしているのを見つけて、事態は急展開。

あいつは配信内で俺のことを好きだなんて話していて、それで色々と一悶着あって……。

一時期は離れ離れになる覚悟をしたものの、最終的に問題は解決。

そして——、

「——お兄が本気で御簾納ちゃんを好きになったら、そのとき改めて付き合おう、って話になった」

「だな」

二人でそれまでの配信を聴きながら。

二胡がまとめた結論に、俺はうなずいた。

「まあその時点で、御簾納は『早く好きになってください』って言ってたし、俺もほぼその気だったけど」

「わたしも、こりゃ近いうちに付き合うなと思ったよ……」

そう、マジでそうとしか思えなかったんだ。

なんというかもう、両思い以上彼氏彼女未満、みたいな？

さっさと付き合えよーって周りに言われるような、そういう雰囲気だったと思う。

なのに結果として今日、俺は振られてしまったわけで……。

だとしたらきっと原因は、それ以降の出来事にあるんだろう。

「で、そこから一ヶ月。色々あったねー」

「だな」

思い出しながら、俺は二胡にうなずく。

「一番デカかったのは……俺たちが、動画サイトで曲公開しはじめたことか」

「そうなるかなー」

――曲の公開。

俺と二胡は、兄妹で音楽ユニットをやっていた。

俺が作曲とギターで、二胡が歌を担当。

それまではビビって人に曲を聴かせたりはしてなかったんだけど……御簾納の一件をきっかけに、俺たちは動画サイトに曲をアップしはじめた。

そして、それは思いのほか好評なようで、

「そう言えば、今チャンネル登録数どれくらい？」

二胡がこちらに身を乗り出し、尋ねてくる。

「そろそろ、作ってから一ヶ月くらい経つでしょう？」

「えーっと……」

言いながら、俺はパソコンに向かいマウスを何度かクリック。

俺たちユニットのチャンネルを呼び出した。

「……ああ、二万人超えたみたいだ。再生数も、全部で二十万ちょっと。四曲上げてて、平均五万再生くらいだな」

「ほほー、伸びたね。ほら、絶対沢山聴いてもらえるって言ったでしょ！」

「だな。ここまでなのはびっくりだけど……」

いやもう、マジでびっくりだ。アップロードする前は、聴いてもらえてもせいぜい数百回。チャンネル登録者数だって、数十人くらいだろうなと思っていた。

それが、蓋を開けてみればその千倍くらい……。

あまりにも桁が大き過ぎて、正直あんまり実感がないんだよなあ。二万人って何人だよ？　本当にそんな人数が、俺の音楽聴いてくれてるわけ？

とはいえ、曲作り自体はそれまで通り順調で、

「そうだ、また新曲できてるからさ」

ふと思い出し、俺は二胡に言う。

「近いうちに歌録りしよう」

「おっけー。で、こっちに起きた変化はこのくらい。なのに今日、満を持して告ったら振られた、と」

「そうなるな……」

「ふうん。やっぱり謎だね」

脚を組みあごに手を当て、二胡は探偵みたいなポーズになる。

「別にあれから、御簾納ちゃんとケンカしたりもしてないでしょ？」

「うん、してない。毎週軽くは言い合いしてるけど」

「それはいちゃついてるだけでしょ。じゃあ、やっぱり待たせ過ぎちゃったかな。結局一ヶ月くらいはかかったし」

「確かに待たせたけど、急かされたりはしなかったな」

「ネットラジオの方はどう？　これからも、聴いてほしいって言われてたんでしょ？」

「うん。あいつのチャンネルも……」

言いながら、俺は登録チャンネルの一覧から御簾納のチャンネルを呼び出す。

ずらっと並んでいる、生配信のアーカイブたち。

その日付は、これまで通り安定して一週間ごとで、

「ほら。これまで通り通常営業だな。実際俺も毎週聴いてるけど、大きい変化はなかったよ。恋バナしたり、自分の近況話したりで。順調にファンが増えてるってくらいだ」

御簾納のネットラジオ『恋は夜空をわたって』は、全体的に恋愛をテーマにした配信だ。

俺を好きになったのをきっかけに、誰かと恋バナをしたくなってはじめたらしい。それを偶然見つけちゃったのが、俺と御簾納の関係が変わる契機になったわけだ。

ただ、色々あった以降もあいつは配信を続けていて、自分の近況について話したりリスナーからの相談に乗ったりしていた。

「ふーん。ちなみに、次の配信って今夜だよね?」

「そうだな。今日水曜だし」

「となると、やっぱり原点に返るしかないね」

「原点?」

「うん」

うなずく二胡。

その表情に、俺は少し考えて——、

「ああ、なるほど。そういうことか」

——ようやく理解した。

「配信聴いて、あいつの気持ちを探るんだな」

そう、御簾納の配信を見つけたときと同じだ。

こっそりそれを聴いて、あいつが何を考えているかを探るんだ。

「そう、きっと今日の話もするだろうし。そこに何かヒントがあるかも」

「そうだな、うん……」

直で本人と話すわけでも、来週顔を合わせるときの一発勝負でいくわけでもなく、まずは情報収集する。

確かに、それが一番よさそうだな。

さすが二胡……！

俺一人だったら泣きながらギター弾いてそのまま寝ちゃってただろうから、相談に乗ってくれてマジで助かった！

「じゃあ――まずはそこからはじめてみるか！」

「うん、そうしましょう！」

そんな風にうなずきあって、とりあえず、今後しばらくの方針が決まったのだった――。

＊

そして――その晩。

午前0時を回る頃——、

『——はい、どうかな。配信、ちゃんとはじまってますかね』

枕元に置いたスマホから、聴き慣れた声が流れ出す。

鈴が転がるようなかわいらしさと、理知的なハスキーさをミックスした不思議な響き——。

「きた——……！」

もう何度もこの配信を聴いてきたのに。

BGMもこのしゃべり出しも聴き慣れたはずなのに。

思わずドキリとしてしまって、俺はベッドの上で寝そべり体勢から正座に移行する。

『ということで、恋はわからないものですね。こんばんは、サキです。「恋は夜空をわたって」。

今夜も一時間くらい、お付き合いいただけるとうれしいです』

そんな間にも、しゃべり続けているサキ——こと、御簾納。

視聴者数が一気に増えて、二百人くらいから三百人くらいに伸びる。

少なくとも……ここまでは今まで通りだな。

いつも通りの落ち着いた口調と話し方だ。

コメント欄にも、普段と変わらない「こんばんは～」「待ってました！」なんて書き込みが流れていく。

——けれど。

『さて、みなさん今週はいかがお過ごしでしたか？　まあ、わたしは……色々、あった感じでしたね。学校で、うん。色々と……』

「ん？　なんか、様子が……」

『まあ、いつも通りでもあったんですけど。授業受けて、お弁当食べて、委員会やって、みたいな……』

なんというか、ぼーっとしてるというか……心ここにあらずというか。

雰囲気が、いつもと違っていた。

他の視聴者も異変に気付きはじめたらしい。

「どうした？」「なんか今日おかしくね？」「ぼんやりしてません？」なんて書き込みがコメント欄に流れて――、

『――え!?　変ですか？　わたし、ぼんやりしてる？』

御簾納は慌てたような声を上げる。

『ああ、ごめんなさい。そうですよね、やっぱり気付きますよね……。実は、少し動揺してて。その……』

と、御簾納はしばらく口ごもってから、

『……先輩に告白されたんです。例の先輩に』

「っ！」

予想外のはっきりとした口調に、思わずビクリとしてしまった。

まあ……そんな予感はしてたんだけど。きっと今日のことを、リスナーにも報告するだろうと思ってたんだけど。こんなにすぐに、配信開始直後にその話題になるなんて……。

そう——御簾納はこの配信で、自分の恋の近況報告もしている。

配信がはじまってから今までずっとだ。むしろそれがこの配信のメインコンテンツと言ってもいい。

さらに言うと、御簾納は俺がこれを聴いているのも知っている。にも関わらずこんな風に話をされると、なんだか妙にドキドキして心臓に悪い……。

ちなみに、告白と聴いてリスナーは祝福ムードになっていて、

『ああ、みなさんコメントありがとうございます！』

と御簾納が読み上げをはじめる。

『「ついにですか！」。ええ、ついにです。「ハセリバーよう頑張った」。うん、頑張って気持ちを伝えてくれました。「お幸せに」。そうですね、幸せに、なれればいいんですけど……』

「だよなあ、みんなもそう思うよな……」

普通にOKすると思うよな。あんな風に、ずっと返事待っててくれてたわけだし……。

あと、俺のこと『ハセリバー』で定着してるのかよ……。

『……あの、でも違うんです！　その、おめでとうじゃなくて』

酷く言いにくそうに、御簾納は言葉を続ける。

そして、もぞもぞと言葉に詰まってから——、

『わたし、断っちゃって……。うん。振っちゃったんです。先輩のこと……』

「……うぐ」

改めて言われると、やっぱりメンタルにえぐめのダメージを受けた。

いやまあ、それが現実なんだけど……。

でも、本人の口から言葉にされるとやっぱりしんどい……。

と、ちょっとラグを空けて——コメント欄が爆発した。

「マ⁉」

「え、なんで」

「振った⁉」

「急☆展☆開」

「草」

「どうしてですか？」

すごい勢いで流れていく視聴者のコメントたち。

視聴者数も、なぜかそこでぐぐっと伸びる。

御簾納もそれには面食らったようで――、

『あわわ、コメント欄がすごいことに。みなさん、ちょっと落ち着いて。そりゃまあ、びっくりされるでしょうけど……』

そして、短くコメントを読むような間を空けてから、

『……そうですよね。なんでだよって話ですよね』

つぶやくように、御簾納は言った。

「そう、そこ！　なんで俺振られたんだよ！　コメントの人たち、ナイスアシスト！」

『理由なんですけど、それが、その……自分でも、わからなくて』

「……はぁ⁉」

自分でもわからない⁉

どういうこと⁉

『――違うの！　うれしかったの！』

スマホの向こうで、御簾納が声を上げる。

さらに、彼女はこれまでにない早口で――、

『告白してもらえたときは、すごく幸せだったんです！　ドキドキしたし、口緩んで変な顔しそうになったし、飛び上がりたいくらいでした！　だから、すぐに返事しようと思って。よろ

しくお願いします、ふつつか者ですがって、答えようと思ったんですけど……』

そして――彼女は小さく息をつくと。

ふと、我に返ったような声で、

『気付けば……断ってました』

「なんで⁉」

いやマジでわかんねえよ！

今の流れ、完全にOKするやつだっただろ！

二人は幸せになりました、チャンチャン！ でおしまいになるやつだっただろ！

そこからどうすれば「ごめんなさい」になるわけ⁉

『でも、それからずっと考えてて……』

探るような口調で、御簾納は続ける。

『確かにちょっと引っかかるんです。このまま付き合っちゃうのに、抵抗があるというか』

「どういう抵抗だよ」

『そうですね、強いて言うなら』

「強いて言うなら⁉」

核心に迫りそうな雰囲気に、思わずスマホに向かって身を乗り出す。

そして、息を呑む数秒の沈黙があってから――、

『——まだ早い？』

「早くはないだろ！」

——叫んでしまった。

思わず——大声を上げてしまった。

「いやむしろ遅かっただろ！　結構待たせちゃっただろ御簾納のこと！」

一ヶ月。一ヶ月も待たせちゃったんだぞ⁉

その間に気持ちが変わったとかならワンチャン納得いくレベルだよ！

なのに早いって、マジでどういうこと⁉

リスナーも同じ気持ちらしい、一層書き込み速度が上がっていく。

「ほら見ろ！　コメントも！　『一ミリも早くなくて草』『なんなら待たされ過ぎじゃないですか？』『ハセリバーの心境やいかに』。大混乱だよ！　マジなんでこんなことになったんだよ！」

＊

──加速するコメントを眺めながら。

わたしの発言に混乱するリスナーさんの書き込みを眺めながら、思わず深くため息をついた。

「みなさんのコメント、ほんとおっしゃる通りです……。わたしも、まさか振っちゃうなんて……」

そう、本当にそんなつもりはなかったんだ。

ずっと付き合える日が楽しみだったし、今日だって、先輩に話そうって言われてドキドキした。もしかして告白？　付き合えるのかな……って期待をした。

なのに……わたしの口から出たのは「ごめんなさい」。

わたし自身、うまく自分の気持ちを咀嚼できないでいる。

そんなわたしに──グサッとくるコメントが流れる。

「『来週どんな顔して会うんだよ』。そうなんです！　それがまず問題なんです！　わたし、どんな態度を取ればいいんですかね。完全に、身から出た錆なんですけど……」

そう、彼とは来週も二人っきりで会うことになるんだ。

図書委員会の先輩後輩として、二人で図書室業務をしないといけない。

……こんな状況で。

わけもわからないまま先輩を振ってしまって……。

本当に、どんな顔して先輩に会えばいいの……？

「ああもう……」

マイクに向かいながら、それでもどこかひとりごとみたいに、わたしはつぶやいてしまうのだった。

「これからわたしたち、どうなるんだろう……」

| 第 2 話 | 一肌脱いでやりますか |

Fly me to the Dawn

When I hear her voice on the stream,
it`s the beginning of a love.

──目の前に、図書室の扉があった。

年季が入り所々塗料にひびが入った、淡い色合いの引き戸。

普段は気に留めることもない。意識することもなく開け閉めしている一枚の板。

それが今や、ずいぶんと重たそうに見える気がした。

「……うああ、緊張する。ていうか、前にもこんなことあった気がするな」

校庭から響く陸上部の声を聴きながら、俺はそうつぶやいた。
二、三ヶ月前。
それこそ御簾納の配信に気付いた頃にも、こんなことがあったような……。

まあ……気まずさ度合いで言えば今回の方が圧倒的に上だけど。先週自分を振った相手と、
どんな風に接すればいいかとかマジでわからんけど……。

なんて考えているうちに、校舎内にチャイムが響く。

そろそろ図書委員の活動開始時間だ。いつまでもうじうじしていられない。

「よし、準備OK。行くぞ！」

深呼吸して──俺は勢いよくドアを開ける。

そして、競歩並みの速さでカウンターに歩み寄り、

「──お！　御簾納！」

そこに御簾納がいるのを確認する。
俺の勢いに驚いているらしい、丸く見開かれた目――。
気まずげにもじもじしている口元と、こわばって見える身体――。
結果――、
「……っ！」
一発で――冷静さを失った。
心臓が大きく飛び跳ねる。
ぶわっと身体に汗が噴き出して、手が震えそうになる。
けど――ダメだ！
ここで動揺を悟られたら、きっと変な感じになっちまう！
だから、まずはいつも通り挨拶を――と、無理矢理口を開いて、
「――しゃーっす！」
――体育会系になった。
一昔前の野球部かよという、謎にマッチョな感じの挨拶をしてしまった。
何なんだよこれ！　なんでいきなり出てくるのがその挨拶なんだよ！
そのうえ、その混乱は御簾納にまで伝染したらしく、
「――あ！　あああ！　おあざーす！」

彼女まで、よくわからない運動部風の挨拶になっていた。

「何だよその挨拶！」

「そっちこそ、『しゃーっす』って何ですか！」

「それはあれだよその、気合いというか、あれだよ！」

「はあ……」

深く息を吐き、視線を落とす御簾納。

そして、なんとか気持ちを落ち着かせようとしているのがバレバレの声で、

「とりあえず荷物……置いたらどうですかね？」

「……おう、そうするわ」

言われた通り、俺はそそくさと鞄をカウンターにしまう。

……おい！　いきなりすげえ空気になったぞ！

もうこれ気まずいとかそういう次元じゃねえぞ！

振ったの御簾納なんだから、御簾納がなんとかしてくれよ！

そんな俺の気持ちが通じたのか、あるいは責任を感じているのか、

「あのー。今日は、入荷本のチェックがあるので！」

相変わらず空元気丸出しの声で、御簾納が言う。

「まずそれからはじめましょう！」

「わ、わかった……」

ふん……まあ彼女は彼女なりに、頑張ってくれているんだろう。

だとしたら、できればそれに協力してやりたい。

俺はできるだけ何気ない風を、いつも通りを装いつつ、図書準備室に向かうけれど——、

「って御簾納！　そっち出口だよ！　準備室こっち！」

「あ、あああ！　そうでした！」

あらぬ方に歩いていこうとする御簾納。

そんな彼女に、どうしようもなく先が思いやられたのだった……。

＊

「——じゃあ、わたしがこっちでリストを読み上げます……」

二人してやってきた、図書準備室で。

相変わらず御簾納は、酷くギクシャクしている様子だった。

「先輩は、箱の中にそのタイトルがあるか、チェックをお願いします……」

「おう、了解……」

同じくどぎまぎしながらも、それでも俺は、小さく期待を覚えはじめていた。

入荷本のチェック。

つまり、新たに図書室にやってきた本が、ちゃんと発注の通りに届いているか確認する作業だ。言ってみれば単純作業だし、それほど頭を使わなくてすむから、お互いそわそわしてるこの状況でもミスしちゃうことはないだろう、多分。

それに、少なくとも仕事をしていれば。やるべきことがあれば、これまでみたいな気まずい思いはしなくてすみそうだ。

よかった、今日はこういう系の作業があって……。

「……では」

と、御簾納が前置きして、リストの読み上げをはじめる。

「『レスティア帝国物語3』」

俺は入荷本の段ボールの中から、該当書籍を見つけ出し、

「レスティア……うん、OK」

それをチェック済み段ボールの中に移動した。

さらに続けて、

「『日本語の生まれた場所』」

「それも、OK」

「『Vの一生』これが上下巻」

「ＯＫ、両方ある」

順調にチェックが進んでいく。

よし！　いいぞ、良い感じだ！

大分普段の雰囲気を取り戻した感があるぞ！

御簾納のこわばりもずいぶんとれたし、空気も緩んだ。

このまま普段の感じに戻っていこう！

なんて思ったけれど――、

「ここからはシリーズものですね。柊ところ、という作家の作品です」

「わかった、頼むわ」

「『失恋探偵なせ　～彼が振られた千の理由～』」

「――うっ！」

――ダメージを受けた。

失恋……。振られ……。

なんかこう……俺にクリティカルヒットするそのタイトルに、謎にダメージを受けてしまった。ていうか何だよ失恋探偵って！　実在するなら相談してみたいよ！

とはいえ、チェックを止めるわけにはいかない。

なんとか持ち直しつつ「ある……」と答えると、御簾納は続いて、

『失恋探偵ななせ　～優しい恋の忘れ方～』」

「ぐ、それも、ＯＫ……」

『失恋探偵ななせ　～初めての恋が終わるとき～』」

「うん、ある……」

だから何なんだって！

こんなタイミングで何つーラインナップだよ！

どういう本入荷してんだ！

そのシリーズ、全作が的確に俺のメンタル削りに来てるじゃねえか！

「どうしたんですか？」

さすがに異変に気付いたのか。御簾納が心配そうにこっちを覗き込む。

「あいや！　別にどうもしないんだけど、その……」

はっきり言うわけにもいかず、もじもじしながら本たちにちらりと目をやる。

ていうか御簾納気付いてないのかよ！

今お前が読んだ本のタイトル、相当気まずい感じだぞ！

と、

「……はっ！　失恋……！」

ようやく察したらしい。御簾納は口走りながら口元に手をやる。

意外と鈍いんだよなあこいつ……。こういうの、一発で気付きそうなもんだけどな。

「……」

「……」

……やべえ！

一瞬で空気がぎこちなくなった！

せっかく緩和できたと思ってたのに！

「……まあ、その……次！　次の本行きましょう！」

「おう！　そうだな……！」

こうなったら、このあとの作業で持ち直すしかない！

落ち着け！　俺と御簾納！　入荷本チェックに集中するぞ！

「えー……『ハロー新しいわたし』」

咳払いして、御簾納が次のタイトルを読みはじめる。

お、ついに失恋探偵ゾーンを抜け出したか⁉

なんて期待するけれど――、

「……～失恋探偵スピンオフ～』」

「どんだけ入荷してるんだよそれ！」

その本についているサブタイトルに。

俺は思わず叫んでしまったのだった――。

＊

――そんな感じで、気まずいひとときを過ごすこと数時間。

「はあ、終わりましたね……」

下校時間を知らせるチャイムが鳴る中。

俺と御簾納は図書室のカウンター内でぐでんと椅子に腰掛けていた。

「なんだか、今日はいつもより疲れました……」

「ほんとだな……」

身体中に、疲れが重たい泥みたいにまとわりついていた。

そわそわする体力も残ってないし、すぐに撤収作業に入る元気もない……。

あれからも、俺と御簾納はひたすらギクシャクし続けた。

入荷本チェックが終わったあとの、返却本の棚戻し。貸し出し業務や、図書室内の整理。その間中、手がちょろっと触れたり目があったり、たったそれだけのことでどぎまぎし続けた。

……結果、なんだか妙に疲れてしまった。

すぐに立ち上がれないほどにへとへとだ。

けれど、御簾納は自分にも言い聞かせるような口調で、

「さっさと片付けして帰りましょう。お茶も飲み切らないと……」

言いながら手に持ったペットボトルを振る。

……確かに。下校時間も近いし、ダラダラしてるわけにもいかないな。

後片付け終わらせて、さっさと帰ろう……。

と、

「……あ、おい御簾納！」

ふと気付いて——俺は思わず声を上げる。

「それ、お茶じゃなくて炭酸だぞ！」

彼女が持っていたペットボトル。

その中で——茶色の液体が見事に泡立っていた。

巻かれたラベルには、ゼロカロリーコーラの文字。どう見てもお茶じゃない。

よく見ればボトルも心なしか膨らんでるし……これ、蓋開けたら絶対爆発するだろ！

「え？　ああしまった！」

手元を見て、御簾納もガクリと肩を落とした。

「やっちゃったー……」

「おいおい、何してるんだよ……」

御簾納らしからぬ失敗だった。何か今日、とことんポンコツじゃないか？

まあでも……確かにいつもは紅茶を飲んでたからな。

勘違いしちゃうこともあるか……。

なんて思っていると──、

「間違って、振っちゃった……」

──御簾納は、そんなセリフをつぶやいた。

「え……間違って、振った？」

……いや、わかる。

そういう意味じゃないのはわかる。

けれど、今の俺には──御簾納の声でそういうフレーズを言われるだけで。

それっぽいことを言われるだけで、変に精神的ダメージを受けてしまう。

さらに──、

「ええ、振るつもりはなかったんですけどね、なんとなく……」

「……なんとなく」

「思いっきり振っちゃいましたね。まあもう、仕方ないんですけど……」

「思いっきり、振った……」

御簾納は無邪気にコンボを継続。

その全てが俺の弱点に入り――大ダメージを受けてしまった。

もはや俺はノックダウン寸前。ガクリとうなだれ、声一つ出すこともできない……。

「……ん？」

ワンテンポ遅れて、御簾納が俺の様子に気付く。

そして、不思議そうにこちらをしばし眺めたあと、

「……ああいや！　そういうことではないんです！」

ようやく事態を理解できた様子で、申し開きをはじめた。

ただ――、

「振ったのはあくまでペットボトルの話で、先輩のことではなくて！　いや事実先輩を振りもしたんですけど！」

――結局そこにも俺への打撃が含まれていて。

俺はさらに追加でダメージを受けることになったのだった――。

＊

――完成した新曲。

その動画ファイルを、サイトにアップロードする準備を進めていた。

動画タイトルに概要欄。サムネの設定やエンディングのお薦め動画。

最初はこういうの入力するのも試行錯誤しながらだったけれど、最近はずいぶん慣れてきたな。俺たちのテンプレみたいなのも決まってきたから、サクサク作業を進められる。

見上げれば……窓の外はすっかり暗くなっている。

冬も本番で、近頃は日が落ちるのが早い。

部屋には暖房が効いているけれど、隣の二胡はなんだかちょっと寒そうだ。

「つー感じで、今日は散々だったわ……」

図書室での出来事を報告し終え、俺はリモコンでエアコンの設定温度を二度上げた。

二胡は考える表情でむんずと腕を組み、

「はー、思った以上に大惨事だね……」

「なんでこんなことになったんだろうな。御簾納マジで、何考えてるんだよ……」

「謎だよね。前回の配信でも、結局何もわからなかったし。この感じだと、本人に聞いてもまともな返事は期待できなそうだなあ……」

「それな……」

「しばらくは放送をしっかりチェックしつつ、なんとかこらえるしかないね……」

そうだよなあ……。

さすがの二胡も、まだこれといったアイデアは出ず、って感じか。

まあ実際、今日のところはお互いギクシャクしまくったってだけだしな。

そこから何か察しろ、前に進めって方が無理があるか……。

とはいえ、

「はー、キツいなー。振られた上でこんな毎日か……」

しんどいものはしんどいんだ。

振られただけでも大ダメージなのに、こんなにどぎまぎしなきゃいけないとか……。

俺なんか、悪いことしましたかね？

もちろん、もうちょい頑張るけどさあ……。

「……まあでも、そのおかげで今回の新曲ができたわけでね」

俺の内心を察したのか、慰めるように二胡は言う。

「それはまあ……そうかもな」

「歌詞に詰まってたのに、ここ一週間で一気に完成だもん。これ、本当に良い曲だと思うよ。

『Sigh』ができたとき以来かも！」

「そっか、ならいいんだけどさ……」

……確かに、今回の新曲は自信作だった。

曲自体は、ちょっと前にできていたんだ。

前向きで踊り出したくなるようで、それでもどこか切ないミドルテンポの曲。

それでも――どうしても歌詞が浮かばなくて。

この曲の良さに見合う言葉が出てこなくて、完成させられないで塩漬けになっていた。

それが、『とあること』をしたとたん、一気に言葉があふれ出た。

自分の中で、今の気持ちと楽曲が結びついて、あっという間に歌詞が完成した。

結果――うん。マジで良い曲になったと思う。

ここまで手応えがあるのは、二胡の言う通り『Sigh』を作ったとき以来だ。

リスナーの反応が、今から楽しみだ……。

「よし、つーことでアップの準備できたよ」

入力内容確認画面が表示されて、俺は二胡の方を振り返る。

「上げちゃってもいい？」

二胡もざっとその内容を確認してから、俺にうなずいて見せた。

「うん！　よろしくお願いします！」

「OK！」

パソコンに向き直り、マウスに手を伸ばす。

そして、毎回恒例になっているおまじないをつぶやきながら、

「今回も――沢山聴いてもらえますように！」

——俺は、マウスのボタンをクリック。

しばらく『アップロード中』の画面が表示されて——新曲が公開された。

念のため、チャンネルトップからちゃんと動画が公開されているかを確認。

途中で途切れたり変になったりしていないかもざっと見て——、

「よし……作業完了！」

——そこでようやく、俺はふうと息を吐き出した。

時計を見上げると、時刻は午前0時ちょっと前。

雑談しながらだったから、ずいぶんかかっちゃったな……。

「今日はここまでにするかー。そろそろ御簾納の配信もはじまるし」

「そうだね。わたしも寝る準備しながら聴こっと」

言って、二胡は椅子を立ち部屋を出て行く。

「じゃね、おやすみ」

「おう、おやすみー」

その背中を見送りながら——俺は小さく気合いを入れ直した。

そうだ、また今週の御簾納の配信がはじまるんだ。そこで何か、新しいヒントが見つかるかもしれない。

へとへとだけど、もうひと頑張り！

スマホで御簾納のチャンネルを開きつつ、俺は大きく伸びをしたのだった。

＊

『――というわけで、今日は大変な一日でした……』

御簾納の声は、配信越しでもはっきりわかるほどに疲れ切っていた。

『自業自得なんですけどね。でもさすがにへとへとです……』

「そっか。御簾納もそんな感じか……」

思わず、ベッドに寝そべりながら笑い出してしまう。

「まあ、あんだけ地雷踏み抜きまくったらな……」

普段はそつなくこなすタイプの御簾納だ。あんだけミス連発すれば、疲れるし自己嫌悪にも陥るだろう。

しかもあいつ、あのあと結局うっかりコーラのボトル開けちゃったからな……。

テンパりまくったあげく、無意識のうちに飲み物を飲もうと蓋を開けて、見事コーラを爆発させた。

結果――制服はコーラまみれ。

半泣きでハンカチで拭いまくっていて、さすがにちょっとかわいそうだった。

もちろん、俺も片付けは手伝ったけど、精神的ダメージはそんな簡単に回復できないだろう。

『しかも相変わらず、断っちゃった理由が自分でもわからなくて……。なんでだろうなあ。わたし、何が引っかかってるんだろう……』

ぼやくように続ける御簾納。

それに答えるようにして、コメント欄がちょっとだけ加速する。

ずらっと並びはじめる『振っちゃった理由の予想』たち──。

『ああみなさん、コメント助かります。「付き合うのが怖くなった？」。確かにそれは、なくはないですね。前に言った通り、彼氏彼女になれば距離が縮まるわけで。それが怖いっていうのは、正直あります……』

「だよな。御簾納はそれ、前から怖がってたもんなあ」

『でもそこはわたし、もう覚悟を決めたつもりで。殻を出て、先輩に近づきたいと思ったんです。だからそのことが、断った理由ではないと思うんですよね……』

確かに、そこは御簾納に同感だった。

はっきり根拠があるわけじゃないんだけど、雰囲気を見ている限り断られた理由は「怖いから」だとはあんまり思えない。

もしそうだとしたら、御簾納もはっきり自覚するだろうし……。

『えっと他には……「ハセリバーさんのこと、もう好きじゃなくなったんですか？」』

「うっ！」

実はそれは――内心俺も、心配になっていたことだった。

一ヶ月も待たされた結果、好きだって気持ちが消えちゃった説……。

割と……ありえる気がする。というか、そうであれば全部に綺麗に説明がつく気が……。

けれど、

『それはないです！』

御簾納ははっきりと、そう言い切った。

『全然そうじゃないんです！　むしろ、前より好きなくらいです！』

「ならうれしいんだけど……」

ほっと胸をなで下ろした。

ぶっちゃけ本気で怖かったんだよな……普通に好きじゃなくなったのかもって。

御簾納がそこまで言うなら、多分その可能性は本当にないんだろう。

さらに、リスナーからのコメントは続いていて、

『「ハセリバー、ちょっとかわいそうだな」。はぁ～……。そうですよねえ……』

次に読んだコメントで、御簾納の声のトーンがズドンと下がった。

『本当に、彼には申し訳ない限りで……』

おお、マジで凹んじゃったぞ御簾納。これ、配信とか関係ないガチ凹みじゃねえか。

……ん……。

まあ、確かに辛いけど。

しんどい気持ちで毎日を過ごしてるけど、それはそれで仕方ないと思っている。

こっちとしては、御簾納を責めたいわけでもないし凹んでほしいわけでもない。

だから、あんまりそこは気にしないでほしいんだけどな……。

けれど……一度こうなると流れは止められない。

『こうしてる間に、他の女の子に取られちゃうんじゃ』。それは……！』

そんなコメントを読んで——御簾納の声が大きく揺れる。

彼女は短く黙ってから、酷くかすれて泣きそうな声で、

『……それは、本当に嫌。他の子となんて、わたし耐えられません……。でも……そうなっても文句言えないですよね。わたしが振ったわけですし。先輩が、いつまでもわたしを好きでいる義理もないですし……』

いやいやいや、そこまで不安にならんでも！

別に俺、他に気になる女子とか仲がいい女子がいるわけでもねえし！

『ていうか、絶対先輩モテるんですよ。優しいから……』

「いや、全然モテねえけど……」

ゴリゴリの彼女いない歴＝年齢だけど……。

何を根拠にモテると思ったんだ、御簾納は……。

『十代なんて、あっさり新しい恋見つけたりするぞ」。ですよね、そうですよね。ううう―。

本当に、どうすればいいんだ……』

スマホ越しに聞こえる、御簾納がデスクに突っ伏した音。

あ―あ―もう……。

完全にテンションがどん底じゃねえか……。

リスナーのみんなも、もうちょっと手加減してやれよ……。

『……すいません、わたしの話ばっかり。メール読みましょうか』

それでも……御簾納はそう言って、なんとか空気を切り替えようとする。

スピーカー越しに聞こえる、カチカチとクリックしてメールを探す音。

……偉いな、こんな状況でもちゃんと配信を続けようとするなんて……。

俺だったら絶対できないわ。

こういうとき、御簾納が配信者として人気になった理由を実感させられる。

『えっと……あ、今日もくれましたね。ラジオネームQ太さんの相談です――』

「……なるほどなあ」

御簾納が相談メールを読み上げるのを聞きながら。

俺は背もたれに体重を預け――改めて実感していた。

「そうだよな、御簾納も悩んでる。こうなって、困ってるんだよな……」

なんとなく、自分だけが苦しんでいる気がしていた。

予想外に振られて、その理由もわからなくて、俺だけが悩んでいるんだと思っていた。

でも……そんなわけないんだな。

御簾納だって困っていて、それでもなんとか理由を探ろうとしている。

配信をそれまで通りにできるよう踏ん張りながら、自分の気持ちを理解しようとしてるんだ
――。

「……だったらこっちも」

言いながら、俺は小さく笑ってしまう。

「いつまでも落ち込んでるわけにもいかねえか……」

延々被害者面してるのも、そろそろ飽きてきたところだ。

ここは一発、俺もしっかりしねえとな――。

＊

「それじゃ、いってきまーす！」

「いってきます！」

次の日の朝。

二胡と並んで玄関を出ると——ピリリと冷たい朝の空気が俺たちを包んだ。

日が昇ってすぐの住宅街。

冬と夏なら夏の方が好きだけど、暖かい家から出てすぐのこの感覚は嫌いじゃない。

「はー、大分寒くなってきたな」

「だねー。もう十二月だし。そろそろ冬本番だね」

話しながら見ると、二胡は小さく震えながら赤いマフラーに首をすくめていた。

「……そういや、御簾納の件さ」

「うん」

思い付いてそう切り出すと、二胡がこっちを見る。

「昨日の放送聴いて……俺も腹が決まったよ。あいつも悩んでるし、だったらそれに付き合いたいなって。できるだけ待とうと思った。それに、手伝えることがあるなら手伝いたい」

「おお～。どうしたの急に」

目を丸くする二胡。

確かに、つい昨日まで俺は「なんでこんなことに……」みたいなテンションだったわけで。

そりゃ確かに驚かれるか。

「んー……なんか、ずっと凹んでるのも情けないだろ」

言いながら、俺は思わず苦笑いする。

今さらだけど、ここまでの俺は結構情けなかった。

振られて大泣きし、ギターを弾きまくり、御簾納のセリフに過剰にガン凹みする。

うん、我ながらかっこ悪い。

けど——、

「あいつは今も、俺のことを好きだって言ってくれてるんだ。だから、うん。それでいいや。

こっちもずいぶん待たせたわけだしな」

まずは今の状況を、受け入れようと思った。

考えてみれば、それほどまずい関係性ってわけでもないしな。

向こうが今も好きだって言ってくれているなら、それで十分。

だからこれからは——このあとどうするかを考えたい。

「長期戦になるかもしれないけど。これからも助けてもらえるとうれしいよ。よろしくな」

「ふんふん、なるほどねえ」

言って、二胡はニヤリと笑う。

「いいね、やるじゃん。お兄のそういうとこ、割とマジで好きだよ」

「おお、珍しく褒められた！」

普段は辛口な二胡の、レアなマジ褒めだった。

兄妹の仲なのにそれが素直にうれしくて、思わず足取りが軽くなる——。

＊＊＊

「——いいね、やるじゃん。お兄のそういうとこ、割とマジで好きだよ」

「おお、珍しく褒められた！」

わたしの言葉に、お兄は素直にうれしそうな顔になる。

こういうところな～。

妹ながら、ちょっと心配になる兄だけど。よくもまあそんなにのんきでいられるなと思ってしまう兄だけど、こういう素直さはマジで美点だと思う。

だからやっぱり、家族としても応援したくなっちゃうわけでね。

「……しかし、そうなるとまあ」

だから、わたしはお兄に聞こえない程度に小さくつぶやく。

お兄がそんな感じなら、
どーんと構えて御簾納ちゃんを見守ろう、って言うなら……、

「わたしも……一肌脱いでやりますか」

＊

——その週末。

近所の本屋で張り込みしていたわたしは——ターゲットが店に来たのを確認。

本棚の陰から小さく首を伸ばす。

「ふんふん……身長百五十五センチ、痩せ型でボブヘアー。猫みたいな目にめちゃめちゃかわいい顔……間違いない。あの子が御簾納ちゃんだね」

お兄が話していた通り、好きな漫画の新刊を買いにきたらしい。

これまで収集してきた情報の通りの女の子が、漫画棚に向かって真っ直ぐ歩いていく。

……ってまあ、本当は顔知ってたんだけど。

お兄のスマホのカメラロール見て、どんな顔の子かは知ってたんだけどね。

ちなみに、これまでの配信の話を聞いて、本を買うのは大体土曜の午前中であることも把握済み。結果として、予想通りこうして御簾納ちゃんを発見できた、というわけだ。

「つーことで、行きますか……」

一人つぶやきながら、歩き出す。

そして、新刊を手にうれしそうな顔をしている御簾納ちゃんに近づき、

「──わっ！」

「おっと！」

痛くならない程度に、ポンっと肩をぶつけた。

「わーごめんなさい、前見てなくて！」

「ああ、いえいえ。わたしもぼーっとしてたので……」

慌てて謝ると、御簾納ちゃんも優しそうな笑みをこっちに向けてくれる。

……おいちょっと！　近くで見るとマジでかわいいじゃん！

お兄、こんな女の子に好かれてたの⁉　さすがにびっくりなんだけど！

……なんて考えてる場合じゃない！

「あ、その漫画、好きなんですか？」

何気ない風を装って、わたしは御簾納ちゃんの手元に視線をやった。

「ああこれ？」

首をかしげる御簾納ちゃん。

そのままうれしそうにページをめくって、

「ええ、そうですね。最近よく読んでて……」

「えー。わたしもはまってるんです。奇遇ですね！」

その言葉に──御簾納ちゃんは目を丸くする。

そして、うれしそうにわたしをじっと見ると、

「……これ好きって言う人、自分以外で初めて会いました」

「わたしもですよー。なんだかうれしいなー。こんなに偶然、同志に出会えたの」

……うん。

よしよしよし……。

良い感じに興味を持ってもらえたぞ。

御簾納ちゃんの目は、仲間を見るときの目だ。

ちょっとわたしに、気を許しはじめている。

——だから。

「……そうだ！　せっかくだしー……」

わたしは御簾納ちゃんの顔を覗き込むと、
あくまで軽い口調で——こんな風に尋ねた。

「ちょっと……お茶でもしていきません？」

第３話　あいつ、配信出てる！

Fly me to the Dawn

When I hear her voice on the stream,
it`s the beginning of a love.

――水曜の夜。いつも通りの俺の部屋で。

日課のギター練習を一通り終え、俺は背もたれにぐでーんと体重を預けた。

「ふー、今日の練習、終了！」

指先に走る痛みと、心地いい疲労。

掃除したギターから漂う、かすかなポリッシュの香り。

胸に湧き出す満足感に、一人小さくほほえんでしまう。

俺、実はこう見えて結構な練習好きだ。

普段はだらけがちだし真面目とは決して言えない性格だけど、両親に初めてギターを買ってもらったその日から練習だけは毎日欠かさず続けている。

基礎的な指のトレーニングから曲に合わせての練習、まだうまく実践で使えないテクニックの追求など。平日は最低五時間。休みの日は十時間ほど触っているだろうか。

曲を弾くのは楽しい。

練習してうまくなるのは、もっと楽しい。

だからそれは俺にとって『苦行』ではなくって、純粋なエンターテインメントだ。

目の前にある壁を一枚ずつ破っていくのが、楽しくて仕方ない。

努力に比例してちゃんと結果もついてくる辺りも、やりがいがある。

……ただ。

世の中頑張ればうまくいくことばかりでもなくて――、

「はあ……」

お茶を一口飲むと、俺は思わずため息を漏らしてしまう。

「……今週も進展なし。御簾納の気持ちはわからず、こっちも何もできずだったなあ」

考えているのは――もちろん彼女とのことだ。

図書委員中もそれ以外の時間も、あいつとの間にこれといった進展はなし。

相変わらず俺たちはギクシャクしているし、新しくわかったこともない。

これまで通りのすっきりしない状況だ。

んー、うまくいかんもんだな……。

恋愛も、ギターみたいに頑張れば頑張るだけうまくいけばいいのに……。

基礎練から応用練習までメニューが揃っていて、それをこなせば恋愛上級者になれればいいのに……。

とはいえ――、

「しっかりしようって決めたわけだし。ここらで一発、俺から動くかあ？」

腕を組み、俺はあれこれと考えを巡らせてみる。

――もう、覚悟は決めたんだ。

放っておいてもどうにもならないし、だったら俺から行動に出たい。

成り行き任せでぼーっとしてるより、自分で解決に向けて動きたい！

となると、どうするかな。

直接御簾納と話す？　あるいは、また配信にメール送ったりしてみる？

共通の知り合いとかを見つけて探りを入れてみる、なんてのもありかもしれない。

やれることは色々あるだろうし、まずは二胡に相談してみるか？

うん……それがいいかもなあ。あいつなら、鋭い意見を遠慮なくくれそうだ。

……なんて考えていて、

「……お、そろそろ配信はじまる時間だ」

見上げた時計が、０時近いことに気が付いた。

「聴かないと」

スマホを手に取り、動画サイトのアプリを起動する。

もうずいぶんと慣れた手順で御簾納のチャンネルを呼び出し、最新の配信をタップすると、
スピーカーからＢＧＭが流れ出す。

……おっ、この感じは、ちょうどはじまったところっぽいな。

俺はベッドに移動。だらっと寝そべりながら、もう一度ペットボトルのお茶を口に運ぶ。

そして、いつものように、『サキ』の声が聞こえるのを待っていたのだけど――、

『んっんー。サキちゃん、これはじまってる？』

『はじまってるよ』

「……ん？」

聞こえてきたのは、よくわからないやりとりだった。

御簾納が誰かと話してるような声。何だこれ、放送事故か？

というか、最初に聞こえた女の子のセリフ……。なんか、めちゃくちゃ聴き覚えがあるような気が。毎日その声を、どこかで聴いているような気が……。

そんなことを考えていると、

『お、じゃあ……』

もう一度、その子の声が響く。

そして――、

『「恋はわからないものですね」。こんばんは、ニコでーす！』

「――ブーッ！」

――噴き出した。

口に含んでいたお茶を、全部ベッドに噴き出した。

『恋は夜空をわたって』。今夜も一時間くらい、お付き合いくださいね！』

「え⁉　に、二胡⁉」

慌ててタオルでシーツを拭いながら、俺は愕然とする。

一瞬——人違いかと思うけれど。たまたま同じ名前の誰かがしゃべってるだけかとも思うけれど……違う！

兄妹だから——はっきりわかる！

今配信で『ニコ』と名乗っているのは。俺の妹……長谷川二胡の声だ！

「なんで⁉　どうしてあいつが配信出てるんだよ⁉」

『あはは。すいません、びっくりしましたかね』

愕然とする俺の遙か彼方で、御簾納はなんだかのんきに笑っている。

『今日はなんと、ゲストがいるんです。番組開始以来、こういうのは初めてですね。わたしのお友達のニコちゃんです』

『はい！　はじめまして、ニコっていいます。よろしくお願いします！』

楽しげなその声に、混乱が一層加速する。

「友達って。この二人、面識あったっけ⁉　いや、ないよな。一度も会ったことはないはず……」

これまで何度もお互いに話題に出してきたけど、実際は顔さえ知らないはずだ。

なのに、なんでこんなことに……？

というか……御簾納、マジで仲良さそうじゃないか？

普段は割と警戒心が強いというか、友達になるにもハードルがありそうに見えるタイプなのに。二胡相手には、完全にリラックスして話せてるような感じだ。

え、なんで……？

本当にどうなってんの、これ……。

『実はですね、ニコちゃんとは先週偶然本屋で知り合いまして』

俺の疑問に答えるように、御簾納は言葉を続ける。

『好きな漫画の話になって、あっという間に意気投合しちゃったんです』

ほう……本屋で偶然。

好きな漫画の話……。

そんなことが、あったのか……。

『普段はあんまり、そういうことはしないんですけどね。なんか、ニコちゃんは妙に親しみやすくて。声とか顔に、覚えがあるというか』

『わたしもわたしも！　サキちゃん、初めて会った気がしなかったもん！　ずっと知り合いだったみたいでさー』

そりゃそうだろうな！

御簾納は二胡の歌、そこそこ聴いてくれてたみたいだし！　似たような顔の俺と週一で会ってるしな！　二胡もあれだけ配信聴けばもう知り合い気分だよな！

『そうだったんだ、なんだか不思議。でね、色々話しているうちに恋の話題も出るようになって。最近ほら、わたしもずっと悩んでるでしょ？　その件について相談したら、すごく熱心に聴いてくれたんですよ。それが、とっても心強くて！』

ほう……。

二胡に恋愛相談。そうか、俺の知らないところでそんなことが……。

『だから、思い切って配信に誘っちゃいました。ということで、ニコちゃんには自宅からリモートで出演してもらっています。今夜はよろしくね』

『こっちこそ！　視聴者のみんなもよろしくー』

「いや、すご過ぎだろ！」

二胡がこちらに呼びかけるのに、思わずそう叫び返してしまう。

知り合いになるのはギリわかるんだ。

もっと御簾納のことを知るためとか、直で話を聞くために偶然を装って会いに行くのはな。

でも……配信出るレベルで仲良くなるとか。普通そこまでぶっ込めるか⁉

もうそれスパイか何かの領域だろ！

それに、気になることはもう一つあって……、

「……多分、自分が俺の妹だって明かしてないよな?」

なんとなく……二胡は自分の正体を御簾納に明かしていない気がする。

自分が長谷川壮一の妹であることを隠して、御簾納と接してる感じがする……。

ほんとに大丈夫なのか、これ……。二胡、何のつもりでこんなことしてるんだよ?

『じゃあ、さっそくみなさんのメールを読んでいこうか』

『うん、そうしましょう』

俺の不安をよそに、配信はテンポよく進んでいく。

御簾納が届いた相談メールを読みはじめる。

……いや、まだ全然現実感がねえな。

二胡が配信でてるとか、夢見てるような気分だ……。

ていうか、マジで夢じゃねえの?

配信聴こうとしてたとこで寝落ちして、変な夢見ちゃってるとかじゃやね……?

こうなると……、

「……二胡の部屋、見に行くか」

それが一番早いだろう。

ベッドから降り、隣の二胡の部屋を覗きに行くことにする。

廊下に出て『n・i c o』とプレートの掲げられた扉の前に立ち、ノックもせずにうっすら扉を開ける。

「――あーこれね、絶対やめた方がいいと思う」

漏れ聞こえてくる、相談に乗っているらしい声――。

そして、隙間からこっそり中を覗き込むと、

「身内にだけ優しい人って、モテがちなんだけどね。でもいつか、あなたにもキツく当たるようになるよ。そもそも、関係薄い人に失礼な態度を取るのは普通にダメでしょ――」

――マイクに向かっていた。

普段は歌のレコーディングに使うマイク。

それをデスクの上に設置して、頭にはヘッドフォンを装着。

完全に――配信者風スタイルで、パソコンに向かっていた。

「――やってる！　マジであいつ、配信出てる！」

……現実だった。

夢でも何でもなく、マジで二胡が御簾納の配信に出ていた。

「いやこれ、どうなるんだ⁉　ていうか何するつもりなんだよ、二胡⁉　配信まで出て、何が目的なんだ⁉」

こっそり部屋に戻りつつ、俺は頭を抱えてしまう。

展開が唐突過ぎて、二胡の狙いが全然わかんねえ！

だから、自室に戻りベッドに腰掛けると――、

「せめて事故起こさず、無事に配信終わらせてくれよ！」

俺は一人、壁の向こうの二胡に向かってそう願ったのだった――。

＊

『――ということで、みなさんの相談メールでした』

一通り相談メールを読み終え。

御簾納が深い息とともにそう言った。

『ニコちゃん、ありがとね。わたしじゃ出ない意見ばっかりで、とても参考になりました』

『いえいえー！　お役に立てたなら幸いです！』

「はー、なんか二胡、堂々としてたな……」

二人のやりとりを聴きながら。壁に背を預け、俺は思わずそうこぼしてしまう。

俺が知る限り、あいつが配信に出るのなんて初めてなはず……。

なのに到底そうは思えない、貫禄さえ感じさせるトークっぷりだった。緊張してる雰囲気はまったくなし。楽しげで、口もよく回ってて、相談の回答内容もキレキレだった……。

「コメント欄でも好評だし。『ニコちゃんマジすげえ』『勉強になりました！』『さすニコ』。何

だよ、さすニコって……」

『──でね、ここからは、わたしの相談に乗ってほしいんだけど』

『うん、任せてください！』

スマホの向こうで話題が切り替わる。

ほう、ここからは御簾納の相談か……。

『前にも話したけど、わたしには好きな先輩がいて。色々あって告白されたのね。なのに、なぜかそれを断っちゃったの』

『ふんふん。自分でも、その理由がわからないって感じだよね？』

『そう。ニコちゃんどう思う？　なんでわたし、断っちゃったんだろう……』

切実な声色で尋ねる御簾納。

どうやら、ずいぶん二胡のことを信頼しているらしい。

そして俺は──、

「……ああ、なるほど！」

──ここでようやく、二胡の目的を理解した。

なぜこんな風に御簾納に近づいたのか。

正体を隠した上で、配信にまで出演したのか──。

「こうやって、直接相談に乗るためか！」

思わず、ベッドの脇に立ち上がってしまった。

「この話をするために、二胡は御簾納に近づいてくれたんだな！」

これまで二胡は、基本的に俺や配信越しでしか御簾納と接してこなかった。

知っているのは声だけ。直接会話を交わしたことはほぼないし、かなり限られた情報の中で御簾納の気持ちを探ろうとしてくれた。

けどそうか……こうやって直で話せば、わかることもあるかもしれない、ってことだな。

それは、確かにナイスアイデアだ！

『そうなるとね、やっぱりこれまでのことを振り返るといいと思うんだ』

ごく軽い口調で、二胡はそう続ける。

『最近サキちゃんに起きたことをね』

『起きたことかあ……』

思い出すように、御簾納はしばし間を空けて、

『基本的には、配信しながら普通に暮らしてた感じだったけど……』

『ちょっとそれを、具体的に思い出してみようよ。実際に、過去の配信を聴きながら――』

うん、そうだな。それがベストな気がする！

改めてベッドに腰掛けながら、俺は壁の向こうの二胡に念を送る。

頼むぞ二胡……！

ここでなんとか、事態を打破するヒントを見つけ出してくれ！

俺もここで応援してるからな!!

＊

『――じゃあまずは、仲直りした次の週から』

さっそく、過去の配信をひとつひとつ聴いていく流れになり。

御簾納がそう言って、スマホ越しにクリック音が響く。

短く間を空けて、何週間か前の、聴き覚えのある配信の音声が流れはじめる――。

『恋はわからないものですね。こんばんは、サキですっ！「恋は夜空をわたって」、今週も一時間やっていきたいと思います！』

『……え？ うれしそう？ 浮かれてますか？』

『ふふ、そうかもしれません……。あのね、なんだか先輩、今日ちょっとわたしにどぎまぎしてたんです。照れてるというか、意識してるというか……』

『もしかしたら、結構すぐ好きになってくれるかも――』

＊

――ざっくりとその日の配信を聴いて、再生がストップされる。
現在の御簾納たちのミュートが解除されて、
『……この段階では、返事をもらうのを楽しみにしてるんだよね』
第一声。二胡はそう切り出した。
そして御簾納も、
『そうだね。この頃は、ただただ早く付き合いたかったなあ』
――二人の言う通りだった。
配信の中で御簾納のテンションは珍しく高め。
俺が言うのもあれだけど……両思いになる予感に、はしゃいでいる雰囲気だ。
この段階では、気になるところや違和感はまったくないな……。
『ふんふん。じゃあ次！』
二胡がそう言って、さらに別の過去配信が流される――。

＊

『……辛い。辛いです』

『先輩が、思ったより返事をくれません……』

『あきらかに、わたしのこと気にしてるんですけどね。くっついたり手を触れさせたりすると、すごく慌てるんで……』

『あとどれくらい待てばいいんだろう……』

＊

『――前のから二週間。もう辛くなっちゃってるねー』

苦しそうだった。

二胡の言う通り、この配信の中の御簾納は酷くしんどそうだった――。

そうだ……この配信は俺もよく覚えている。

確かにこの頃、いい加減返事をしないとなと焦っていて……それでも決心し切れずに、もじもじしてしまっていて……。

そんなタイミングで、この配信だ。

もうマジで、「待たせてごめん！」「ほんとすいません！」と、思わずスマホに向かって謝るほど申し訳なかった……。

そして御簾納本人も、

『ああー、苦しかったなあこのとき……』

当時の辛さを思い出すように、絞り出すような声でそう言う。

いやもう……繰り返しになるけど本当にすいません……。

『このタイミングで告白されてたら、ＯＫしてたでしょう？』

『うん、してた。大喜びで付き合ってたと思う』

『だよねー』

二胡の質問に即答する御簾納。

そうだったのか……。だったらこの頃に多少無理してでも返事しておけばよかった。

ぐぐぐ……。

そんな俺の後悔をよそに、二胡は軽やかに話を進める。

『じゃあ、次の週いってみよう――』

＊

『ねえ、みなさん。最近先輩の動画の伸び、すごくないですか？』

『例の先輩。そう、ハセリバー。最近、曲をネットに上げはじめたでしょう？』

『それでね、さっきその動画ですごくいいコメント見つけて。えっと、これですね。「最近、ずっと仕事が辛かったんだけど、この曲のおかげで毎日が楽しくなりました。人生に彩りをくれてありがとう」』

『……これを見て、改めて先輩のこと尊敬しちゃったんです。誰かの人生を彩れるって、すごいことですよね……』

＊

『んん？』

二胡がふいに、それまでとは違う食いつき方をする。

『なんとなく、ここで雰囲気変わった気がするなあ……』

『雰囲気……？』

『そう。なんか、浮かれた感じも辛そうな感じもなくなった気がしない？』

『……言われてみればそうかも』

確かに、御簾納の声はすごく『普通』だった。

二つ前の『ウキウキ感』も、その次の『辛い感』もまったくなし。

唐突に、それまでの配信のスタンダードくらいのテンションになった感じ……。

なんでだろ？　さすがにこの状況に慣れたとか？

でも、ただただそれだけだったら、二胡がここまで食いつかない気も……。

どうして二胡は、ここにそんな疑問を持ったんだ……？

『この頃何かなかった？　サキちゃんの、心境の変化につながることが』

『……そうだなあ』

さらに踏み込む二胡。

御簾納は迷うように小さくうなってから、

『先輩とは、それまで通りだったけど。……あ、Q太さんからメールが来るようになったのが、ちょうどこの配信だったかも！』

……Q太さん？

確かになんか、最近配信でよくその名前を聞く気がするな。

けど……具体的にはどんなメールだっけ。ふつおたとかじゃなく、恋愛相談だったとは思うけど……。

『じゃあそれを、ちょっと聴いてみようか』

二胡がそう言って、配信がもう一度再生される――。

＊

『――ラジオネーム、Q太さんからいただいたメールです』

『「サキさんこんばんは。」こんばんは。「最近わたしは、五年間付き合った彼女に振られてしまいました。幼稚園の頃からの幼なじみで、小学校も中学校も高校も一緒だった女の子です」。えー。すごいですね、そんなにずっとそばにいたんですか。漫画かドラマみたい。なのに、振られちゃったんですか……』

『「理由は、もう家族みたいになってしまったから。好きなのかどうか、わからなくなっちゃった、とのことでした。だけど、どうしてもそれが受け入れられなくて悩んでいます。僕は当然、いつか彼女と結婚するんだと思っていました。幼い頃にはそういう約束もしていましたし、家族ぐるみで付き合いもあります。だから、振られたときには人生全部がひっくり返ってしまった気分でした」』

『それは辛い……。本当に、苦しい状況ですね……』

『「そんな僕ですが、サキさんはどうすればいいと思いますか？　復縁を目指して頑張るべきでしょうか。それとも、諦めるべきなんでしょうか？」』

『なるほど……』

『……ごめんなさい、冷静に答えたいんですが、この件はちょっと主観が入っちゃいそうです。だから、あくまでわたしの願望なんですけど……』

『……諦めないでほしいなって思います』

『小さい頃から思い続けた人と、あっさりお別れなんて悲しいですよ。できるだけ、頑張ってみてほしいです……』

＊

『――これをきっかけに、Q太さんからは毎週メールが来るようになって』

現在の御簾納が、そんな風に説明してくれる。

『今も相談に乗ってる最中なの』

『なるほど……』

そうだ、そうだった！　思い出したぞ……。

Q太、幼なじみに振られた男の人だ！

なんとなく他人事に思えなくて、メールが紹介されるたびに「頑張ってほしいな……」「大変だな、この人……」なんて思ったものだった。

頭の引っかかりが取れたような心地よさに、俺は一人「ふふん」と笑う。

ただ、重要なのは、

『サキちゃんの気持ちの変化と、リスナーさんの相談。関係があるのかもしれないね』

そう——二胡の言う通り。それが御簾納に、何か影響を与えたのか、だ。

俺が振られてしまったことと、この相談。その二つに、何か因果関係があるのか……。

……わっかんねーなー。

今のところ、なんとも言えないってのが正直なところだろう。

別段御簾納も、そのメールにめちゃくちゃデカいリアクションをしているわけでもないし。

いつも通り、真面目にコメントをしているだけだ。断言できる状況じゃない。

それでも……十分に現状は整理できた気がする。

御簾納に告白されてから、振られるまでの一ヶ月。

そこで起きたことは、これできちんと把握ができたんじゃないだろうか。

だから——俺は両手を合わせると、壁の向こうの二胡に感謝のテレパシーを送った。

——二胡、マジでナイスだ！

――最初はビビったけど、ありがとう!!

*

「――ふう……お疲れ様！」

その晩の放送が終わり。

アプリと動画サイト上で配信が切れていることをきちんと確認して、わたしはマイクの向こうにそう声をかけた。

「ニコちゃん。出てくれてありがとね」

『ううん、こっちこそありがとう。楽しかったよー』

最近できたお友達――ニコちゃん。

青みがかった髪と丸い目がとってもかわいい、中学生の女の子。

なんだかすごく気が合って、わたしのことを理解してくれて、初めて会った気がしなくて……。だからこんな風に、配信に出てもらったけど。パーソナリティとしても、ニコちゃんはすごい才能を発揮してくれた。

かわいい声と楽しい雑談。

そして、キュートな印象を大きく裏切る、恋愛相談への的確な回答。

……中学生なのに、なんであんなにリアルな回答ができるんだろう。

もしかして、すごく恋愛経験豊富なのかな……？

だとしたら、

「……またよければ、話聞いてね」

わたしはマイクの向こうのニコちゃんに、そうお願いする。

なんとなく、ニコちゃんなら今のわたしの混乱を、解きほぐしてくれる気がした。

わけがわかんなくなって、にっちもさっちもいかなくなったわたしに、ヒントをくれるような気がしていた。

それに、

「リスナーさんにも喜んでもらえたから、配信にも遊びにきてほしいし……」

純粋に、楽しかったんだ。

ニコちゃんと配信するのが。コラボであーだこうだ言いながら、リスナーさんとやりとりするのが。

知らなかったなあ……人と配信するのが、こんなに楽しいなんて。

これまでわたし、ずっと一人で配信してきたからなあ……。

だから、この一回で終わらせたくない。

これからも、ニコちゃんとは仲良くしていたかった。

『え、いいのー？』

うれしいことに、ニコちゃんもそんな言葉を返してくれる。

そして――、

『じゃあ……お礼に一つ、秘密を明かしちゃおうかな……』

「……秘密？」

『うん』

何だろう……？

わたしに隠していること？

もしかして……実は年上だったとか？　実は二十歳を超えていて、だからあんなに説得力のある話ができたとか……。

……うん、だったら納得感があるな。

仮に外れてるとしても、なんとなくそういう系の、「実はこれまで五人くらいと付き合ってきました」みたいな話な気がする。

けれど、

『わたしね、兄が一人いるんだけどさ……』

「へぇ、お兄さん……」

予想外の切り口に、わたしはオウム返しする。
さらに——ニコちゃんは、
『でその名前がね……壮一っていうの。長谷川壮一』
「……えっ？」
……長谷川、壮一。
聴くだけで、心臓が小さく跳ねるその名前——。
図書委員会の先輩——。
そして——わたしの好きな人。
『ということで！』
ニコちゃんが。通話の向こうで「種明かし！」とばかりに声を上げる。
『実はわたし……壮一の妹の長谷川二胡でした！　隠しててごめん！』
「……え、えええええええ!?」

かくしてわたしは。
いつも叫んでばかりの先輩顔負けの大声を、一人部屋で上げてしまったのでした――。

第 4 話　意外と大胆だね

Fly me to the Dawn

When I hear her voice on the stream,
it`s the beginning of a love.

「──重ーい……」

御簾納ちゃんの配信に出た、次の日の夕方。

帰り道を、わたしは一人でとぼとぼ歩いていました。

日の暮れかけた住宅街。家までは、あと十分ほど。

そして両手には──スーパーで買ってきたものがぎっしり詰まった、ビニール袋二つ。

「さすがにキツいよー。これ、女子中学生が持つ量じゃないでしょ……」

飲み物やら洗剤やら重たいものが盛りだくさん。

紐が食い込む指がめちゃくちゃ痛い……。

んもー、お母さんお使い頼むのはいいけど、もうちょっと手加減してよね……。こんなん一人で持って帰れないって……。

「……はぁ」

ため息をつき、一度その場に立ち止まる。

どうしよっかなー、そろそろ限界だよ。

その辺の公園でちょっと休憩していく？

けど、そろそろ日が沈んでもっと寒くなりそうだし……うーん、あんまりゆっくりするのもなあ……。

──なんて、そんなことを考えていたタイミングで、

「……あれ、二胡？」

後ろから、聞き慣れた声がした。

「今帰り？」

振り向くと……ふわっとしたくせ毛と気のよさそうな顔。

なんだか抜けた雰囲気の、優しそうな男の子──お兄こと長谷川壮一がいた。

「ああ、うん、お兄も……？」

指の痛みに顔をしかめながら尋ねると、

「おう。……ていうかその荷物」

お兄はわたしの手元に視線をやる。

お、気付いてくれた……！

「お母さんに買い物頼まれてさ。もう重くて……」

「ああ、じゃあ俺持つよ」

プルプルしているわたしの手から、お兄はごく自然に袋を受け取った。

「お、ありがとー！」

辛い重さから解放されて、一気に気分まで軽くなった。

ありがたいねえ。普段はどっちかっていうと鈍感なのに、こういうときにはちゃんと察して

くれるんだよね、このお兄は。

内心喜んでいると、お兄はさらに反対の手までこっちに伸ばして、

「そっちももらう」

「いいの？　助かるー！」

一気に身軽になった！　うれしい！

多分五キロ近い重さから解放されて、わたしはふっと息をつく。

……お兄、こういうところあるんだよなあ。

隣を歩き出したお兄をチラ見しながら、わたしはしみじみそう思う。

別にずば抜けてかっこいいわけでも賢いわけでもないんだけど、『ちゃんと優しい』という
か。人間関係の技術としてじゃなくて、素でお兄は『いいやつ』なんだ。

困っていると当たり前のように助けようとしてくれるし、苦しいときにはごく自然に力を貸
そうとしてくれる。

だから、内心わたしはお兄を本気で慕ってる。

マジで大事に思ってる。

思春期女子としては多分、これってレアケースなんだろうなあ……。

わたしとしても、絶対に口に出して言いたくもないけど……。

でも……うん。やっぱりこの壮一は、自慢の兄だ。

わたしのお兄がこの人でよかったなと、密かに心の中で感謝する。

「いやあ、しかし昨日はマジでビビったよ……」

そんなわたしの気持ちも知らず、お兄はそう言って苦笑した。

「まさかいきなり、二胡が配信に出るなんて……」

……ああそうだ、その話題！

昨日あのまま寝ちゃったし、話せてなかったんだった！

「ふふふ。わたしもあんなにうまくいくとは思わなかったなあ。御簾納ちゃんとも気があってね。楽しくお話しさせてもらいました」

こっそり御簾納ちゃんと仲良くなって、相談に乗ろう作戦。

お兄に内緒で進めていたそれは、思っていたよりもあっさりうまくいった。

ライン交換できて毎日メッセージのやりとりをするようになって、ついには配信に出してもらうまでになった。

いやー楽しかったな、配信でおしゃべりするの！

相談に乗るのもやりがいがあったし、コメント欄が褒めてくれるのもうれしかった。

そうそう。配信中、ときどきお兄の部屋から叫び声が聞こえてくるのもヤバかったです。配信中、何度か噴き出しそうになっちゃった。

「そういや、もう正体明かしたのか？」

「うん、昨日配信のあとね」

心配そうなお兄に、わたしははっきりとうなずいてみせる。

「怒られるかなと思ったけど、全然そんなことなかったよ。これからも仲良くしようねって」

「そりゃよかったよ……」

「わたしも、友達増えてうれしい……」

実はこれまで、御簾納ちゃんみたいなタイプの友達はいなかったんだ。

どっちかっていうと本とか漫画はあんまり読まず、お洒落が好きだったりK‐POPが好きだったり、っていう友達が多かった。

だから、御簾納ちゃんは新鮮だ。

変に難しいことを考えていたり、かと思えばびっくりするほど素直だったり。

話してて楽しいし、年上なのにすんごくかわいい。

是非これからも仲良くしてもらいたいところです……。

それに、得たものは新しい友達だけじゃなくて、

「あと本人に色々聞いて、収穫もあったね！」

そう、本題はそっちなんだ。

お兄が振られてしまった件。なんで、御簾納ちゃんはごめんなさいしちゃったのか。

昨日の配信で、また新しいヒントが見つかったような気がします！

だから、てっきりお兄も喜んでるかと思ったんだけど、

「そうなあ……。収穫、あったな……」

「え。どうしたの……」

肩を落とし、暗い顔をしているお兄……。

え、なんで……？

そんな落ち込むことあった……？

「んー。あの、御簾納が最近相談乗ってるリスナーいるだろ。Q太だっけ？」

「うん……」

「なんか、過去一レベルで熱心に話聴いてるし、相手は一応男子だし……。だからちょっと心配になってさ……」

「えー……」

あー、そういうことね……。

御簾納ちゃんが、Q太さんが気になりはじめちゃったんじゃないか、みたいな。

まあ、気持ちはわからなくもない。好きな女の子が、別の男子の話を熱心に聞いてたら心配にもなっちゃうよね。

でも……、

「大丈夫だって！　御簾納ちゃん、配信外ではめちゃくちゃお兄ラブの感じ出してるから！」

「……そうなの？」

「うん。もう聞いてるこっちが恥ずかしくなるくらいだよ！」

ちょっとだけクレームの意味を込めて。

腰に手を当て、わたしはお兄に訴える。

「『今日先輩と』とか『先輩がこんなこと言ってて』とか、そういう話ばっかりでさ。どんだけ好きなんだよって呆れるくらい！」

ほんとにあれ困るんだよー！

兄とののろけ聴かされて、妹的にはリアクションしづらいんです！

まあ、御簾納ちゃんはわたしが妹だって知らなかったわけでね。不可抗力ではあるんだけど……。

とにかく、御簾納ちゃんは今でもお兄が好きなのは間違いないわけで。わたしとしては不安になってもらいたくないのです！

「そっか……」

うなずいて、口元を緩めているお兄。

わたしの話に、ちょっとだけほっとした様子。

「だからしっかりしなって。待つ覚悟はしたんでしょ？」

「そうだったな。ごめん。動揺し過ぎました！」

「わかればよろしい！」

うん！

この切り替えの早さも、お兄の良いところの一つですね！

「……でもそうだ、Q太の相談」

と、お兄が話を先に進める。

「あれから全部聞き直したけど、大変そうだよな。一向に、状況がよくならないというか
……」

「そうだねー。むしろちょっとずつ悪化してるかもねえ……」

そう、そうなんだ。

わたしもあれから御簾納ちゃんの過去配信、中でもQ太さん関連の箇所を全部チェックしたけど……正直かなり厳しい。

ひたすら苦しい状況に、Q太さんは追いやられつつあった――。

「……ふう」

小さく息を吐き、夕方の空を見上げながら。

わたしは、配信の内容を思い出す――。

*

『「サキさんこんばんは、Q太です。先週はアドバイスありがとうございました。勇気が湧いたので、さっそく彼女に連絡をして、近所のカフェで話すことができました」』

『おおー！ よかったです』

『まずは踏み出さないと、どうにもならないですからね！』

『「当日は、自分の気持ちをきちんと伝えることができたと思います。まだ君が好きだということや、復縁のためなら、変わる意思があることも伝えました。彼女もそれをちゃんと正面から受け止めて、しっかり話を聞いてくれました」』

『ああ、それもよかった……。彼女さん、優しい方なんですね……』

『「ただ、彼女の気持ちは変わらないとのことでした。辛そうに謝られ、僕もそれ以上何も言うことができませんでした」』

*

『「Q太です。共通の知り合いから、最近彼女が仲良くしはじめた男性がいると聴きました」』

『え、そうなんですか。それは不安ですね……』

『どうも、二人で出かけたりもしているようで、知人曰く、彼女はその男性を好きになったのではないか、ということでした』

＊

『ついに彼女に、わたしはもうQ太に何もしてあげられないと言われました』

『しばらく会うのもやめようと言われています。もうどうにもならないのでしょうか』

『ええ……そんな……』

『何もって……うう……』

＊

「さすがの御簾納も、苦戦してる感じだな……」

同じように配信を思い出していたのか。

頭をかきながら、お兄はそう言う。

「まあね。でもあれは激ムズだよ。何やっても状況悪くなるし……」

「応援したくなる気持ちはわかるんだけどな。Q太いいやつっぽいし、相手も元カレ相手に誠実だし……」

「出てくる人みんなが、いい人だもんね……」

そう、聴いているこっちも「頑張れ！」って思っちゃう感じがあるのだ。

Q太さんは一生懸命だし、マジで元カノさんを大事にしている。ここまで辛い状況なのに、一度も元カノのことを悪く言っていない。

とはいえ、じゃあ「元カノひどい！」ってなるかというとまったくそんなこともなく。全員がちゃんといい人っていう、スーパーレアケース。だからこそ、御簾納ちゃんが必死で彼らを取り持とうとする気持ちは、痛いほどに理解できるんだ。

なのに――全部が悪い方向に転がっていく。

御簾納ちゃんがどれだけ必死にアドバイスしても、配信中に頭を悩ませても、みんなが傷ついていくばっかり……。

はあ……マジでどうなるんだろうね。

わたしもQ太さん、幸せになってほしいんだけどなあ……。

それに――、

「ただ、それと俺への告白の返事にどういうつながりがあるんだろうな……」

そう、そこも結局問題なんだ。

もしも、そんなQ太さんの相談が原因だとしたら――なぜ、御簾納ちゃんはそこからお兄を振ることになったのか。なんであの相談に乗ることが、「付き合えない」って結論につながるのか……。

「Q太が苦しんでるんだから、わたしだけ幸せになるわけにはいかない、とか？」

「うーん。何にせよ、まだ確証は持てないかなあ……」

「だよなあ……」

相変わらずヒント不足だよねえ……。

そもそも、本当にQ太さんのメールが『断った理由』につながってるのかもわからないしね。普通に全然関係なかったわ、って可能性も残されてます。

「……あ、そうだ。それで思い付いたんだけどさ」

と、そこでお兄がくるりと表情を入れ替える。

「ん？　何を？」

「次の配信を聴くとき、試してみたいことがあるんだ」

「試してみたいこと……」

なんだろ……。

珍しいね、お兄の方から、試してみたいことがあるなんて……。

＊

そして——翌週。

午前0時過ぎのお兄の部屋で。

『——ということで、恋はわからないものですね。こんばんは、サキです』

時間通りに、スマホから御簾納ちゃんの声が流れ出した。

『「恋は夜空をわたって」。今夜も一時間、お付き合いいただければ幸いです』

「お、はじまったはじまった……」

お兄はそう言って、座っていた椅子からちょっと身を起こす。

わたしも読んでいた漫画を置いて、『しっかり聴く体勢』に入った。

『もうすっかり年末ムードになってきましたね。わたし、すごく好きなんです。この時期の雰囲気。街全体が浮かれてる気がして、みんな幸せそうに見えて——』

——御簾納ちゃんが話し続けるのを聴きながら。

わたしは初めての感覚に、なんだかむずがゆい気分になる。

「……不思議な感じだねえ、二人で一緒に聴くの……」

そして隣のお兄も、なんだか恥ずかしげにほっぺたをかきながら、

「これまでは、お互いの部屋で別々に聴いてたもんな……」

――一緒に配信聴いてみねえ？

それが先週、お兄がわたしにしてくれた提案だった。

遅い時間なこともあって、これまではそれぞれ自室で聴いていたけれど。

次の日にお互い感想を言い合うのがいつものパターンになっていたけれど……もう、どちらかの部屋に集まって一緒に御簾納ちゃんの話を聞いちゃう。そういうアイデアだ。

「……でも良い案だと思ったよ。あれこれ言い合いながら御簾納ちゃんの話聞くって」

「一人だと聞き漏らしたことも、ちゃんと拾えそうだしな」

そうそう、結構メリットがある気がするんだよね。

聴きながら意見言い合えると、これまでにない発見がありそうだし。

あとはお兄の言う通り、一人だと聞き漏らしちゃうことも正直あるからね。その辺をフォローしあえるのも助かります。

まあ……なんかちょっと恥ずかしくはあるんだけど。

ネットのこういうコンテンツって、基本部屋で一人で楽しんできたし。それを隣同士並んで一緒にっていうのは、正直照れくさくはあるけど……。

でもまあ……まずは試してみるのがいいでしょう！

ということで、わたしたちはこうしてお兄の部屋に集まり、スマホから聞こえる声に耳を傾けているのでした。

「あと正直俺、途中で寝落ちしちゃうこともあるから。そのときは、起こしてもらえると助かる」

「おっけー、口と鼻ふさいで起こすね」

「それは永遠に寝ちゃうからやめて！」

『ということで、さっそくメールいってみましょうか。ラジオネームいつかちゃんさん。いつもありがとうございます』

じゃれあっている間に、御簾納ちゃんはメールコーナーに移る。

いつかちゃん……聴き覚えがある名前だね。最近この配信によくメールを送ってくる、常連さんみたいな人だ。

『「サキさんこんばんは。」こんばんは。「ちょっと気になったんですが、サキさんって今もちゃんと先輩のこと好きなんですよね？」』

その問いに、御簾納ちゃんは一瞬戸惑うような間を空けてから、

『……ええ。もちろん好きですよ』

お、さっそくのろけ出した。

ちらりと横のお兄を見ると、冷静を装いつつ口元がほころんでいる。

『「だとしたら、手をつなぎたいとか、くっつきたいって思います？　前に、そういう気持ち

がなくなっているのに気付いて恋の終わりを悟る、みたいな漫画を読んだので、気になってメールしてみました」ということなんですが……』

おお……結構突っ込んだ質問！

確かにこれは、こっちとしても気になるところですな！

どうなの⁉　くっつきたいの⁉

『確かに、それは好きかどうかの指標になりそうですね。そういう欲求がなくなったら、ある意味で恋は終わりなのかも。で、わたしが先輩と、手をつなぎたい、くっつきたいと思うかですが……』

微妙に緊張感を覚えていると、御簾納ちゃんは一度息を吸い込んで——、

『……まあ、思いますよ。そりゃ、そういうことしたいですよ』

「お、よかったじゃんお兄。御簾納ちゃん、くっつきたいって」

「おう、そ、そうか……」

ニヤニヤしながらそちらを向くと、お兄は冷静風の表情だ。

けれど、あからさまに鼻の下が伸びかけていてまあまあ酷い顔になっている。

この顔は、御簾納ちゃんには見せられませんね……。門外不出です……。

さらに、御簾納ちゃんはさらに追撃をかけるように、

『実際、結構迷ったことがあります。一緒に帰ってるときに、今こっちから手をつないだら、

先輩は受け入れてくれるかなって。ギリギリまで悩んで、怖くなってやめちゃったんですけどね……』

……んー。あー、何だろ。

ちょっとあれですね。

話がそこまでリアルになると、なんというかこう……、

「……なんか、生々しいね」

思わずわたしはそうこぼしてしまう。

くっつきたいとか、それくらいならギリセーフだ。まあそうか、くらいの感じで聞けます。けど手をつなぐだのそういうリアルさになると、なんというかこう……独特のキツさがある……。

家族の恋バナの、楽しく聞けるラインを越えてるというか……。

お兄はお兄で同じような気分だったらしく、

「だな……。というか家族いる場でこういう話、恥ずかしいな……」

「まあね……」

とはいえ、いつかちゃんのメールもここまで。

気まずい気分もすぐに収まるだろう。

そう思っていたのに――、

『あ、またメール来ました。いつかちゃんさんから』

御簾納ちゃんが、また彼女のメールを拾ってしまう。

『「じゃあ、ハグはどうですか⁉　先輩に、ぎゅってされたいって思います？」』

「おいおい、この人ずいぶん踏み込むな！」

いやほんとにね！

御簾納ちゃんも、なんでそういうメール選んじゃうかな！

しかも、適当に流したりごまかしたりすればいいのに、御簾納ちゃんは酷くもじもじした声色で──、

『……されたいですね。わたしだって、それくらいのことは普通に』

絞り出すように、そんなことを言いはじめてしまう。

『好きなんですから、当たり前じゃないですか！　……でもどうなんでしょうね。いつか本当に、そんなこととしてもらえる日が来るのかな。来るといいなあ……』

「……御簾納も普通に答えるなよ。そういうメールはスルーしろよ……」

いやほんとそれ……。

読みたくないメールは読まなくていいんだよ、御簾納ちゃん……。

コメント欄も加速しはじめたし、そろそろ別の話題にいこ……？

けれど、

『ああ、またいつかちゃん。「ちゅーはどうです⁉　したいですか⁉」』

「だから！　スルーしろって！」

『もう、したいですよ！　ずっとしたいと思ってますよ！』

──お兄の叫びもむなしく、御簾納ちゃんはそう告白してしまう。

『ちょっと、コメント欄も盛り上がり過ぎですって！　こんなこと聴いて何が楽しいんですか！』

……あー、これはキツい！

んー、ダメだ！　あーこれはダメです！

頭に浮かんじゃったよ！　二人がちゅーするシーン！

いやね、御簾納ちゃんの方はいいの！　かわいいしね！

キスシーンを見ても、こっちがときめいちゃうくらいです！

けどお兄……あんたはダメだ！

妹として、あんたのちゅーシーンは……ほんと……無理……。

やば……なんか……キツ過ぎて気が遠くなってきた……。

『ていうか、そういうこと考えないわけないでしょ⁉　高校生なんですから！　小説とか漫画でも、普通にそういう描写がありますし。そりゃ、期待もしちゃいますって！』

「あはは。意外と大胆だね、御簾納ちゃん……」

「そうだな、はは……」

必死に意識を保ちながら、お兄と笑いあう。

見れば――お兄は顔が真っ赤になっている。

あーもう……またその顔が無理……。

兄がそういう表情してるとことか、マジでキツいです……。

本格的に限界を感じはじめた、そんなわたしに――、

『――ああ、またいつかちゃんから！』

御簾納ちゃんは――さらに追撃をかけようとする。

「だから読むなって！」

お兄が悲愴な声を上げた！

そして、御簾納ちゃんが読みはじめたメールは、これまでよりも思いっきり踏み込んだ内容で――、

『「じゃあ！　ちゅー以上のことはどうですか⁉　したいですか⁉」』

――ああ、限界です。

わたしは――むしろ清々しい気分で、自分の死を受け入れる。

二胡、失神します。

これからわたし、この場で白目をむいてぶっ倒れます…。

激かわ女子中学生にあるまじき失態、どうか許してください……。

でも……無理なんです。兄が誰かと『ちゅー以上のこと』をするのを想像して、無事でいることなんてできないんです。

だからお兄も……どうか許してね。

優しいお兄は、きっとわたしを介抱してくれるでしょう……？

そして――御簾納ちゃんは大きくため息をついたあと。

『あのですね、この際だからはっきり言っておきますけど――』

――時間の流れがスローになる。

目の前を走馬灯がよぎり、意識レベルは限界値。

『わたしは先輩と、そういうこと――』

そしてついに、わたしの足から力が抜けた——その瞬間！

「——わーわあああぁあぁあぁあ！　あー！　あああー！」

——お兄が、大声を上げた。

叫ぶような、歌うような謎の大声。

その声量に御簾納ちゃんのトークが掻き消される。

そして——同時にスマホに手を伸ばし——画面を激しく連打。

流れていた配信が、止まった。

——部屋に降りる沈黙。

天に召されかけていた意識が、わたしの身体に戻ってくる。

……助、かった？

わたし……お兄の部屋で失神せずにすんだ……？

「……は、ははは！」

ふいに——白々しい声でお兄が笑いはじめる。

「あー、間違えて配信切っちまった！　あはは！」

「……あ、あー！　間違えてか、なら仕方ないね！　うん！」

慌てて(あわ)わたしも、それに乗っかる。

うん、それがベストだ！　その流れでこのまま全部終わらせよう！

「ていうか、そろそろ遅(おそ)いし寝(ね)ようと思うんだけど！　いいよな、二胡(にこ)⁉」

「そうだね！　ふ、ふぁああ。もう眠(ねむ)いなー！」

わざとらしくあくびをすると、わたしはすっくと立ち上がり、

「よし！　じゃあわたし、部屋に戻(もど)るね！」

「おう、付き合ってくれてありがとな！　おやすみ！」

「うん！　おやすみ！」

うなずくと、マッハで部屋を出て自分の部屋に向かう。

廊下(ろうか)を歩き部屋に入り、後ろ手でドアを閉めるとその勢いでベッドに突(つ)っ伏(ぷ)し、

「……はぁぁぁぁぁぁぁぁあ～」

肺の奥から深く深く、ため息を吐(は)き出(だ)した。

そして——、

「いやぁああぁ～キツい。キツかったあ……」

全身が、どっと疲(つか)れていた。

何これ……マジでもう、体力全部持ってかれた……。

頭も気持ちも限界で、もう一ミリも頑張(がんば)れない……。

……なんとなく、うまくいきそうな気がしていたけど。

これまでも何度もお兄の相談に乗って、もう慣れた気がしていたけど……。

やっぱり無理ですわ……。家族のそういう一面、直視するのマジで無理……。

今も胃がキリキリするし、全身にびっしょり冷や汗かいてます……。

「……はぁ」

これからは、やっぱり別々で聴くしかないなあ……。

しかもあんまり、今回は得るものもなかったしね……。

強いて言えば……お兄がちょっとうれしかったくらい？

御簾納ちゃんがそういうことしたいって言ってくれて、多分お兄は、うれしかっただろうな……。

――と、そこまで考えて。

「……おっと！」

いけない！　また意識遠くなりそう！

終わり終わり！　今日はここまでにしましょう！

わたしは頭から布団を被ると、無理にぎゅっと目をつぶり、眠気が来てくれるのをじっと待ちはじめたのでした……。

＊

——二胡がそそくさと出て行ったあと。

一人残された俺の部屋で——、

「……ああもう、結局何もわからなかったじゃねえか！」

ベッドに突っ伏し、俺は思わず呻いてしまう。

「なんで今日に限ってあんな内容なんだよ！　一人で聴きたかったよ……！」

いやもう……大変だった。

本当に大変だった。

二胡、失神しそうになってたよな……？

マジで倒れる一秒前だったよな……？

ギリギリのところでフォローできたからよかったけど、一歩遅れたら危ないところだった。

つうか、なんでこのタイミングであんな内容の配信になるんだ。二胡と一緒に聞いてるときに限って……。

これまで御簾納、あんなに踏み込んだ話したことなかったのに……。

「……ていうかマジか」

と、俺はふと我に返り、

「御簾納、色々したいのか……」

その件に、激しく動揺してしまう。

「うおお……」

いや、その……正直に言えば、そういうことを考えたことはある。

まあ、向こうは好きだって言ってくれてるわけで……だとしたら、なんかまあ色々したいとか、思うのかな、みたいな……。

とはいえ、普段のあいつはあくまで落ち着いていて。

そんな欲求があるようにも思えなくて、そこまでリアルに考えずにいた。

というか、実感がなかった。俺が誰かにそういう気持ちを向けることがあったとしても、誰かにそれを向けられることがあるなんて。

けど……マジか……。

御簾納、マジか……！

思わず、頭を抱えてしまう。

俺、どうすればいいんだ……。

御簾納に対してもそうだし、俺の中で渦巻くこのやり場のない気持ちをどうすれば……！

「……いや、でもこんな、一人で悶々としててもしょうがねえな」

——動揺は、しばらく収まってくれそうにない。

完全に浮き足立っている。我ながら、あきらかに冷静ではない。

けど——いつまでもこんな風にしてるわけにもいかない！

次の手を考えないと！

ただ、

「さすがにもう、こっちでやれることはやりつくしたし。他に打てる手もないし……」

そう、やれることはやったと思う。

配信は十分に聞いたし、考えることも考えた。

だったら……もうぶっ込むしかないんじゃねえか!?

……うん、そうだ。それしかない！

「……よし！」

覚悟を決めると、俺はスマホを引っ摑む。

そして、震える指でラインを起動、御簾納にあてて通話をかける。

短い呼び出し音のあと、ぷつりと音がして通話がつながり——。

「——も、もしもし、御簾納!?」

裏返りまくりの声で、俺は彼女にそう呼びかけたのだった——。

「来週ちょっと——話したいことがあるんだけど！」

第 5 話　やっとわかったよ

Fly me to the Dawn

When I hear her voice on the stream,
it`s the beginning of a love.

生徒たちも全員教室を出た。

――返却本の棚戻しが終わった。

室内の整理も終わって窓もばっちり閉めて――作業完了だ。

下校時間のチャイムが鳴るのを聴きながら、

「――よし、今日もこれで終わり。鍵閉めるか」

いつものように、俺は御簾納にそう話しかける。

カウンター内にいた彼女は、ちょっと固い動きでうなずいた。

「ええ、そうですね……」

……まあ、そうだよな。

今日は事前に「話がしたい」なんてお願いしてあるわけで。そりゃ身構えるよな。

だから俺は、ごく何でもない風を装いつつ、

「そうだ、先週の電話。ごめんな、遅い時間に勢いでかけて」

あくまで軽い口調で、苦笑いしながらそう切り出した。

「ちょっとすごい配信内容だったから、動揺しててさ……」

「……すごい配信?」

一瞬ぽかんとする御簾納。

けれど、すぐに俺の言う意味を理解したようで、

「あ！　ああー、先週の！　え、ちょ、先輩聴いてたんですか⁉」

「いや、御簾納がこれからも聴いてって言ったんだろ……」

「そ、そうでした……」

ガクリと肩を落とすと、御簾納は頭を抱え、

「えー、あんなの聴いたんですか。わたし、どんな顔して先輩と話せば……」

「今日顔合わせて大分経つけどな……」

思わず笑っちゃうけど、気持ちはまあわかるわ。

キツいよなー、あの話を当の本人に聴かれるの。

こっちとしてはうれしいくらいだったんだけど、御簾納としては耐え切れないほどに恥ずかしいだろう。

ただ……、

「なんか一周回ってこっちも落ち着いたから、そんなうろたえるなよ」

あれから一週間。

冷静に色々考えて……なんかまあ、落ち着いていた。

いや、そりゃもう最初はドキドキしまくったし、夜も眠れないほど悶々していたけど、いつまでもそうしてはいられないんだ。

ということでこの一週間、俺はそれまで以上にギターの練習に没頭し、心の平穏を取り戻していた。どうやら、名曲のコピーをするのは写経と似たような効果があったらしい。やっててよかったエレクトリックギター。これが悟りの領域というやつだろう。

「わかりました……」

俺の落ち着きを見て取ったのか、御簾納もおずおずとうなずいてくれる。

よかった、これなら話ができそうだ。

「で、久々に一緒に帰りながら話したいんだけど、いいかな？」

「ああ、ええ。いいですけど……」

もう一度、不安そうに眉を寄せる御簾納。

そんな彼女に思わず笑ってしまいながら、

「そんな大した話じゃないんだけどさ。このままじゃ、やっぱり嫌なんだ。お互いのためにも、一度話しておきたい」

「そう、ですか……」

じっとうつむく御簾納。

数秒後、彼女は決心したように顔を上げ、

「……わかりました。じゃあ、行きましょうか」

「おう、ありがと」

そして俺たちは、鞄を手に立ち上がると戸締まりをして図書室を出たのだった——。

＊

「——この公園がいいかな」

学校から、歩くこと五分。

ときどき立ち寄る公園の前で、俺たちは立ち止まる。

「おー、寒いのにまあまあ子供いるな」

「ほんとだ、みんな元気ですね」

住宅地の中の、こぢんまりした公園だ。

あるのは滑り台、砂場にブランコ、いくつかのベンチくらい。

それでも園内は子供たちで大盛況で、その近くでは彼らの保護者たちが会話に花を咲かせていて……うん、これくらい賑やかなところの方が、軽い気持ちで話せそうだ。

手近なベンチに腰掛けつつ、

「ちょっと飲み物買ってくるわ。紅茶でいい？」

「ああ、ありがとうございます」

うなずいて、俺はすぐそばの自販機に走る。

最近はこの時間でもずいぶんと冷えるし、御簾納に風邪を引かせてしまうわけにもいかない。

内側からも温まりながら話をする方が、きっと本心が出やすいはず……。

いつも御簾納が飲む紅茶、そのホットを買ってベンチに戻る。

「ほい」

「どうも」

二人で蓋を開け、中の飲み物を一口。

……うん、おいしい。

俺が選んだのはクリーム入りコーヒーだ。

ちょっと嘘くさい甘みが、寒さの中で優しく喉を覆ってくれる。

隣でも、御簾納が紅茶を一口飲み、「ほう」と息をついていた。

そんな姿を見ていて、

「……なんか、こうして公園に御簾納といると、いつかのことを思い出すな」

俺はふと、数ヶ月前のことを思い出す。

「ほら、一緒に昼寝したときのこと」

「そうですね。もう、ずいぶん昔のことな気もしますが……」

「だなー」

言って、御簾納も目を細めた。

あれはまだ、御簾納から告白される前。

俺がこっそり配信を聴いて、御簾納はそれに気付いていなくて……という時期のことだ。

二人で行った、図書館での寄贈本回収。その帰りに、並んで芝生に寝そべったときのこと。

今でもあの景色は俺の頭にはっきりと焼き付いていて、自分がその未来にいるっていうことに、不思議な気分になってしまう。

お互いに、あれからずいぶんと遠いところまで来たな……。

……さて、あまり感慨にふけっているわけにもいかない。

そろそろ本題に入ろうか。

「……で、この間の告白のこと」

そう切り出すと、隣で御簾納がギクッと身をすくめる。

だから、俺はできるだけ気楽に笑いかけながら、

「俺ちゃんと御簾納に聞けずにいただろ？　やっぱりビビってたんだよ。純粋に凹んでもいたし。でももう腹を決めたから。遠回りしないで、直接話したいと思った」

「そうですか、ありがとうございます……」

言って、御簾納はまた一口紅茶を飲む。

そして、しばし考えるように視線を落としてから、

「……あの、ごめんなさい。断っちゃって」

訴えかけるような顔で、彼女はこちらを向いた。

「本当にうれしかったんです。配信でも言いましたけど、今もわたしの気持ちは変わってないんです！」

「だよな。それはわかってるよ……」

「だから100％、わたしの側の問題で……」

御簾納はもう一度視線を落とし、

「自分に何か足りない気がするんです、付き合うのに必要なことが。まだそういう関係になっちゃいけない気がするというか……」

「足りない、かあ……」

「それが自分でも、何なのかわからなくて」

そんなもの、なさそうな気がするけどな……。

むしろ、俺からしてみれば御簾納はできた女の子過ぎて、こっちが足りないんじゃないか、と思うくらいだ。

けれど、当然御簾納は真剣で、

「何でしょうね、素直さ、とかかなあ……？」

「んー、言うほどひねくれてないと思うけど……」

まあ、めちゃくちゃ素直！って感じじゃないのは確かだけど。

でも、今の御簾納の難しさは、本人の魅力の一つだと思う。

そんなことを考える俺に、御簾納はもう一度考える顔になり、

「そうですか？　じゃあ、従順さ？」

「いるかー？　それ」

「包容力？」

「求めてないって！」

「経済力？」

「俺ら高校生だぞ⁉」

「じゃあまっとうに、かわいさですかね？」

「いやそれも十分だよ！　つうか十分以上にかわいいって！」

――思わず、ヒートアップしてしまった。

「へ……？」

御簾納はぽかんとしてるけど……それでも止められない！

俺はベンチから立ち上がり――強く強く主張する！

「最初に会ったときからずっとそうだよ！　かわいさが足りなかったことなんて一回もねえよ！」

従順さだの包容力だの経済力だの、御簾納のよさはそういうことじゃないんだよ！

マジでこいつ、その辺のことわかってないのか⁉

それに、あげくの果てに……かわいさが足りない⁉

そんなわけねえだろ！

御簾納は初めて顔を合わせたその日からめちゃくちゃかわいかったよ！

別に最初は好きとかそういう感じじゃなかったし、あからさまに『異性扱い』するのも失礼な気がしたから態度には出さなかったけど「すげえかわいいな」と思ってたよ！

そういうことをわかってほしくて。

こっちとしては十分以上に素敵だと思ってるのをわかってほしくて、思わず熱弁を振るっちゃったけど――、

「ちょ、さすがに声大きいですよ！　うれしいですけど！」

御簾納は目を丸くし、あたふたして俺に言う。

そこで――我に返り周囲に目をやると、

「……ああ！　やべ！」

「ほら！　みんな見てますよこっち！　ニヤニヤして！」

――注目されていた。

公園内のキッズたちと、その親御さんたち。

みなさんの視線が、こっちに向けられていた……。

ニヤニヤひそひそしている子、「ラブラブー！」なんてはやし立ててくる子供。大人のみなさんは……ほほえましいものでも見るような、優しげな笑み……。

「うああー、すまんやらかした……」

恐縮しまくりながら、おずおずとベンチに腰掛けた。

「確実にイタいカップルだと思われた。つうか俺、また勢いですごいことを……」

「え……さっきのは勢いだけで言ったんですか？」

悲しげに眉を寄せる御簾納。

ああしまった！　いや、勢いで声がデカくなったって話で……！

言ったことは、嘘とかではないわけで……！

「……まあ本心だけど」

「なら、よかったです……」

御簾納はほっとした様子で口元を緩める。

あーもう、なんでこんな恥ずかしい展開になってるんだ……。

ただ俺、御簾納とちゃんと話したかっただけなのに……！

「とにかく！」

ここらで本題に戻ろう。

咳払いして、俺は話を先に進める。

「御簾納は自分に何かが足りない気がする。それが解決するまで付き合うことはできない、って感じてるんだな？」

「ですね……」

「それが何か、だよなあ。わかれば、俺も手伝えることがありそうだけど」

「すいません、自分の気持ちもわからなくて――」

――と、どこかで小さな音が上がった。

んー、んー、というスマホが震える音。

「ああ、ごめんなさい。メールだ……」

御簾納がポケットからスマホを取り出す。

そして、表示されている通知に目をやり、

「あ！　Ｑ太さん！　また相談くれた……」

――瞬間、彼女の表情が変わった。

緩んだ頬がきゅっと引き締まり――。

薄い唇にはっきりと意思が宿り――。

黒目がちの瞳が――メールの向こうの彼を。Ｑ太の感情を探るように、強い光を宿す。

「……本当に、熱心なんだな」

そうこぼしてしまったのは、ほとんど無意識のうちにだった。

「何がですか？」

「その……Q太って人に対して」

御簾納のこんな切り替わりを見るのは、初めてのことだった。

いつも隣にいる女の子、御簾納咲から、リスナーに向かい合う配信者、サキへの変身。

それはどこか——ライブに向かうミュージシャンにも似て見えて。

冴えない若者たちが、ステージに立つと輝きを放つ、あの変化にも似て見えて。

俺は内心、御簾納に対して敬意を抱いてしまう。

けれど御簾納は、

「……ああ、そうですね」

当たり前のことのようにうなずいて、じっとスマホを見つめている。

「なぜだか放っておけなくて。ちゃんとこの人の話は、最後まで聞いてあげたくなっちゃって」

「……」

「気持ちはわかるよ。俺もあの人の相談、一応全部聞いてるから。なんとかなってほしいよな」

「……」

うん、そこまでは同感だ。

けれど、俺はどうしても、今胸にある御簾納への気持ちを伝えたくて、

「でも、リスナーにそこまで親身になれるのは、本当に偉いと思う。尊敬するよ」

「……」

——黙り込んだ。

俺の言葉に、御簾納はなぜかうつむき、口を閉ざしてしまう。

「……御簾納？」

……どうしたんだろう？

何か、まずいことを言っただろうか……。

俺としては、ただ本心を。胸にこみ上げた御簾納への気持ちを、伝えただけだったんだけど……。

息の詰まるような沈黙。

子供たちの遊ぶ声が、遥か遠くに聞こえる。

そして、

「……先輩の方がずっとすごいですよ」

その隙間に潜ませるようにして。御簾納は、つぶやくように言う。

「沢山の人に音楽を届けて、幸せにしていて。尊敬するのは、こっちの方です……」

思わず、その声の真剣さに息を呑んだ。

今御簾納がこぼしているのは——彼女の本音だ。

本人にとって大切な、今御簾納が抱えている気持ち——。

「わたしはまだ、Q太さん一人も幸せにできてないですし。あの人、本当にどうすればいいんだろう。もう相手に連絡する手段もないし。無理矢理話しに行っても良い結果にならないだろうし。んー……」

「……ふう」

……そこまで聴いて、俺は一つ息を吐く。

御簾納の本心に正面から向き合って。彼女の苦悩に直面して。

俺は今──とある強い感情を覚えていた。

「……マジで、Q太のこと気にかけてるな」

──ガン凹みである。

「こんなときまで、すげえ本気で……」

いや、やっぱり改めて尊敬もしてるんだ！

リスナーの悩みを自分事みたいに考えているのは、マジですげえことだと思う！

Q太も感謝してるだろう。

……でも。でも！

やっぱり凹むんだよ！　好きなやつが他の男子のこと考えてると！

そういう姿を、正面から見せつけられると！

応援してるけど、さすがに限界っす！　ちょっと辛過ぎる！

御簾納も、俺の声色の変化に気付いたらしい。不思議そうにこちらを見てから、

「……あ！　あああ！　違うんです！」

はたと気付いた様子で申し開きをはじめる。

けれど——、

「別にそういう意味で気にしてるんじゃなくてっ！　浮気とかじゃないですよっ！　好きなのは先輩だけですって！」

「ちょ、御簾納声大きい！」

「はっ！　すいません！」

——爆音だった。

こいつ、こんな大声出せたのかよって驚くくらいの大声量だった。

結果——、

「あーもうほらまた！　周りの人たち見てるぞ！」

もう一度寄せられる、公園内の人々の視線……。

心なしか、その色はさっきよりも生ぬるくなっていて、

「あ～はいはい、まただね……」

「せいぜい仲良くケンカしてくださいね～」

的な……呆れの入ったものになった気が……！

「これ……完全におバカカップルだろ！」

「な、ならもうカップルの振りしましょうよ！　そしたら何にも不自然じゃないでしょう!?」

必死で訴える俺に、御簾納はそんなわけのわからない提案をする。

こいつ……俺以上にテンパってるじゃねえか！

「いやそれこっちがめちゃくちゃ悲しいんだが!?」

「……あああー！」

御簾納が上げたその声に、向けられる視線が一層ぬるくなった気がした――。

＊＊＊

「――はあ。今日も散々だったなあ。先輩の前で、派手に失敗して……」

その晩、夕ご飯を食べ終えたあと。

部屋でのんびりと配信の準備をはじめながら、わたしは思わず一人でそうこぼした……。

「しかもあんな配信まで聴かれて、ううう……」

自分がこんなに不器用だなんて、知らなかった……。

てっきりもっとうまくやれるタイプで、恋愛だってそつなくこなせちゃうんじゃないかな
……なんて思っていた。

けどまあ……蓋を開けてみれば酷い有様だ。

混乱に次ぐ大混乱。

失敗に次ぐ大失敗。

我ながらショックだ……。

こんなことになるなんて……。

——と、開いていたパソコンからポコンと音がする。

見れば、ディスコードに通知が来ていて——、

「あ、ニコちゃんからチャットだ。何だろ……」

表示されていたのは、一件の未読メッセージ。

『どもどもー。御簾納ちゃん、今日久々にお兄と帰ったの？』

「わあ、良いタイミング……！」

思わず、そんな言葉がこぼれてしまった。

『うん。ちょうどよかった、ねえちょっと話聞いてよ！』

『お？　どうした？』

『あのね、今日先輩と――』

そんな風に返信しながら、わたしはなんだかジンとしてしまう。

正直、誰かに相談したかったんだ。今日起きたことや、最近のわたしと先輩のこと。

自分一人で考えているとどんどん落ち込んじゃいそうだし、わたしのことを理解してくれる友達に相談してみたかった。

ああもう……本当にありがとうニコちゃん。

いつかこの恩を何倍にもして返したいと思いながら、わたしは今日の出来事を彼女に報告した――。

――そして、一通り話し終え。

ニコちゃんの返事、その第一声は――、

『へえ。ついに公衆の面前でいちゃついちゃったかー』

「えっ、そういうわけじゃ……！」

思わず、リアルに声を上げてしまった。

慌ててキーボードでも反論を打ち込む。

『別にいちゃついてないって！』

『でも、かわいいとか先輩だけが好きとか言い合ったんでしょ？　目も当てられないねー』

『わざとじゃないし！』

『しかも、「浮気じゃない」って。彼氏相手に言うセリフだよ、それ』

「……あー」

……またもやリアルに声が出てしまった。

確かに……それはそうですね。

一切反論できません……。

そしてさらに、ニコちゃんは追い打ちをかけるように——、

『早くお兄の気持ちに応えてあげればいいのにー』

……完敗です。

認めます、このトークバトル、ニコちゃんの完全勝利です……。

ニコちゃん、人をいじるときはこんな感じなんだ……。こんなにも的確に、急所を突いてくるなんて……。

今になって、ちょっと先輩に同情してしまう。

きっと先輩も、ニコちゃんにいじられまくってるんだろうなあ……。

あの人のことだから、手も足も出ないままコテンパンにやられてそう。でもその上であんなに仲がいいんだから、改めて、ニコちゃんの根の性格の良さを実感した。

だから――、

『あの、ニコちゃんはどう思う？』

恥を忍んで、わたしは尋ねてみることにする。

質問を、素直にキーボードで打ち込んでいく。

『わたし、何が足りなくて告白断っちゃったのかな？』

『実はわたしね、ちょっと気になることがあるんだけど』

もうちょっと追加でいじられるかな、とも思ったけれど。

ニコちゃんは存外、パッと話を切り替えて真面目に答えてくれる。

『御簾納ちゃんは、お兄のこと尊敬してるわけじゃない？』

『うん。曲を聴かせてもらって、本当に感動したもん』

そう、わたしは先輩の曲に……『Ｓｉｇｈ』に、心の底から感動してしまった。

元々先輩のことは好きだったし、その優しさに感謝もしていた。けれど……あの日以来、そこに色濃く『尊敬』の色が混じることになった。

『それに』

とわたしは続ける。

『あっという間に人気になって。このままだと、本当に二人でプロになっちゃうんじゃない？』

音楽については素人だけど、正直二人の曲は『プロレベル』だと思う。曲の良さも歌のうまさも、人気のメジャー歌手にひけを取らない。

なら、どこかの段階でもっと大きくステップアップして、プロになっちゃうんじゃないのか。もっともっと沢山の人に、聴かれるようになるんじゃないのか。

『どうだろうねー。そうは言ってもまだ駆け出しだから。御簾納ちゃんは、お兄の曲自体も好きなんだよね？』

『好きだよ』

ちょっとだけ照れてしまってから、わたしはそう打ち込む。

『かっこよかったり楽しかったり優しかったり。先輩そのものって感じがするから』

そう、先輩の曲からは先輩の匂いがする。

温かい、楽しい、かわいらしい先輩の曲。

ちょっとお洒落だったり意外と泥臭いところがあったり、ハッとするひねくれ方をしたり。

その全てから、長谷川壮一本人の存在が感じられて、やっぱりわたしは好きなのだ。

先輩自身と、彼の作り出した全ての曲が――。

そして、そんなわたしに――、

『じゃあさ、新曲聴いてくれた？』

ニコちゃんは――そんな風に尋ねてくる。

「ああ、新曲……」

反射的に、そうつぶやいた。

『ちょっと前に出して、今一番再生されてる曲ね。今回も自信作だよー』

「んん……」

——どう答えるか、少し迷ってしまう。

けれど、ここで言い訳したりごまかしたり、そんなことをしてもきっと意味はない。

だから、わたしは素直に打ちあける。

『ごめん、まだ聴いてなかった』

『あーそうだったんだ』

「……なんでだろ」

思わずつぶやきながら、わたしはさらにメッセージを打ち込む。

『なんかわたし、あの曲、聴けなかった』

『ほう』

『何度もサムネを見かけたし、再生数伸びてるなって思ったんだよ。でもそう言えば、再生はしてない』

——それまでは、新曲が上がるたびにすぐさま聴きにいっていたんだ。

わたしの告白から、先輩の告白までの間。一ヶ月くらいの間。

再生数が伸びていくのを自分のことのようにうれしく思ったし、もちろん上げられる曲全てに感動してきた。

先輩は、本当にすごいなって尊敬の気持ちを強めていった。

なのに――聴けなかった。

この間、先輩が上げていた新曲。それを聴くことが、どうしてもできなかった……。

……なんでだろう？

なんでわたし、そんな急に……。

そんな風に、困惑するわたしとは対照的に――、

『ふふーん、なるほどなるほど』

ニコちゃんは何やら、何かを理解した様子だった。

『やっぱりそういうことだね』

『やっぱり？』

『これでやっと答えが見えてきたかも』

『どういうこと？』

『教えてあげてもいいんだけどさ。できればそれは、御簾納ちゃん本人が気付いてほしいかな。ヒントはもう十分にあるし、きっとすぐわかると思うよ』

『そうなのかな』

『ただ、一つ言えるのは』

『うん』

そしてニコちゃんは――言葉を選ぶような間を置いて、

『御簾納ちゃん――』

ポコンと通知音を立てながら、こんなメッセージを送ってきたのでした――。


『思ったよりちゃんと「配信者」なんだね』

*

「――よし、今夜も準備ＯＫ。メールも選べたし、機材も準備できた」

ニコちゃんとのチャットを終えて。

わたしはいつものように、配信の準備を終える。

頭に浮かぶのは――ニコちゃんに言われた、あの言葉だ。

「ちゃんと『配信者』かあ……」

最初は意味がわからなかった。

それがどうして告白の話につながるのかわからなかったし、ニコちゃんがなぜそんなことを思ったのかもわからなかった。

けれど——配信の準備をしていて。

アプリを立ち上げマイクの位置を調整し、飲み物を用意していて——、

「そっか、そういうことだったんだね。やっとわかったよ」

——わたしは気が付いた。

ニコちゃんが、わたしにそんなことを言った意味。

そして——、

「——わたしが、なんで告白を断っちゃったのか。わたしに、何が足りないのか」


……ずいぶん遠回りしてしまったけど。

先輩にも迷惑をかけたし、リスナーにも心配させてしまったけど……。

ようやく、わたしは理解した。

今、自分がすべきこと。

これからのわたしに、必要なこと。

……考えてみれば、簡単なことだったんだ。

わたしにとって、譲れないことなんてそう多くない。しかもそれが、先輩との関係に関わる

こととなれば、答えはほとんど見えているようなものだ。
そんなことにさえ気付いていなかったわたしに、ニコちゃんはヒントをくれた。
ちゃんとわたし自身に、答えを見つけさせてくれた。
「……この問題を解決したら、ちゃんと気持ちを伝えるから」
つぶやきながら、わたしはスマホを手に取る。
「もう一度、胸を張って先輩に好きだって言うから……」
そして——カメラロールの中から、一枚の画像を呼び出す。
一度だけ、先輩と二人で写った写真。
図書委員会の担任、谷崎先生が記念にと撮ってくれた、水曜担当の写真だ。
ぶすっとしたわたしと、隣で笑っている先輩。
もうずいぶん見慣れたはずの、それでも未だに胸が高鳴ってしまうその表情。
そんな彼に、わたしは小さく笑い返して——、
「——だから先輩、もうちょっとだけ待っててください」
……よし。
一呼吸して、もう迷いはなくなった。
だから——今夜もはじめよう。
わたしの配信を。わたしが今、するべきことを。

そしてわたしは、マウスに手を伸ばし――、

「うん。スタート――」

――今夜も配信をはじめる。

第　6　話　　先輩、配信してる！

Fly me to the Dawn

When I hear her voice on the stream,
it`s the beginning of a love.

——ベッドの上で本を読みながら、わたしはこれからのことを考えていた。

小さく鼻歌を歌いながら、わたしはこれからのことを考えていた。

するべきことは、ちゃんと理解できた。

先輩と付き合う前にしておきたいことも、はっきりと見えた。

だから次に考えるべきことは……『具体的にどうするか』だ。

『その問題』に対して、どう向き合うか——。

それがちょっと難しくて。簡単には解決できなそうで。

だからリラックスして考えてみよう、と、わたしはベッドに寝そべっている。

……根を詰めて考えても、視界が狭くなりがちだからね。

どっちかっていうとそうなりがちなわたしだから、ここは意識的に、肩の力を抜いていきたい……。

——それにしても、

「……ふふーん、ふふーん、ふふふふーふーん」

今気付いたんだけど……歌ってた鼻歌。

これ、先輩の歌だ……。

あの日先輩が聴かせてくれた、思い出の歌。『Sigh』だ……。

……うわあ、気付いてなかったな。

完全に無意識だった……。

なんだか、一人で照れてしまう。

もちろん、大好きで何度も聴いてきた曲だけど。この世で一番好きな歌かもしれないって思うけど。こんなに自然に歌っちゃうなんて……。

わたしの中で、どれだけ先輩が大きな存在なのか、改めて実感した気がした。

どんな形であれ、きっともう彼がわたしの中から完全に消えちゃうことは、今後もないんだろうなと思う。

自分がそんな風に誰かを好きになるなんて。恋をしてしまうなんて、本当に夢でも見ているような気分だった。

そんなタイミングで――ポケットのスマホが震える。

ひっぱり出して見ると、

「……ニコちゃんからだ」

通知画面に表示されている、あの子の名前。

そして、その下の本文欄には――。

「ん？『お兄には内緒だよ』？　何だろ、このURL……」

これまでも、しょっちゅうメッセージのやりとりはしてきたけど。時間があれば通話もしてきたけど、これは何だろう……。

配信のときにも使った通話アプリ。そのサーバーアドレスっぽく見えるけど……。

戸惑いながら、わたしはそのＵＲＬをクリック。

案の定、入れ替わりに通話アプリが立ち上がる。短い読み込み時間があって、見慣れた薄紫のＵＩが表示される。

……このアプリは、ゲーム実況者やＶｔｕｂｅｒなんかも使っている、多機能なコミュニケーションツールだ。高音質の音声通話はもちろん、サーバーを作ってグループでのチャットをすることもできる。

そして、今わたしのスマホに表示されているのは――、

「……へえ、先輩たちのファンコミュニティ。こんなのあったんだ」

うん……間違いなさそうだ。

これ、きっと先輩とニコちゃんのファンが集まる、秘密のサーバーだ。

「ファンだけが見られる掲示板、みたいな感じかな。みんな曲の感想書いたり……」

ざっと見ていくと、いくつもの部屋が作られているみたいだ。

感想部屋、雑談部屋、ゲーム部屋もあるし――、

「――わあ、ファンアートまで！」

イラストが投稿されているのを見て、わたしは思わず声を上げてしまう。

先輩たちは、ネット上に顔を公開したりはしていない。

だから、ファンの人たちが想像する『ハセリバー』と『ニコ』のイラストが、沢山上げられていた。

かわいくデフォルメされた二人。

とんでもない美少年、美少女として描かれた二人。

なぜか猫耳の生えたキャラに描かれたものまであって、思わず笑ってしまった。

よく見ると、ちょくちょく先輩やニコちゃんの書き込みがあって、ファンの人たちと同じ目線で日常的に交流しているようで、

「いいなあ。こういうの……」

気付けば、そうこぼしてしまっていた。

わたしも、配信の中ではリスナーさんとやりとりしてきたけど。

メールを通じて相談を受けたり、それに答えたりもしてきたけれど……こんな風に、軽い感じで交流したことは、一度もなかった。

それに、このクローズドな感じ。それもまた、いいなと思う。

こんな風に好きなミュージシャンと交流できたら、ファンの人たちもうれしいだろうな……。

そして――、

「……あ、ボイスチャンネル。配信もできるんだ」

サーバー内に、通話ができるチャンネルがあるのも発見した。

しかも、そのチャンネルには現在人が集まりはじめているようで、

「……誰か話してる。聴いてみよう」

わたしはアイコンをタップ。

スマホの音声をオンにして、チャンネル内の音がスピーカーから流れるようにする。

と――流れ出すBGM。

ギターの音が軽快な、速いテンポのロックっぽい音楽。

そして――、

『……あー、えー。これはじまってるのか？』

探り探りの、誰かの声が聞こえる――。

『はじまってる、っぽいよな……』

「ん⁉　この声……」

――聴き覚えがあった。

思いっきり、聴き覚えがあった。

この声は、間違いなく――、

『うわーめちゃくちゃドキドキする！　配信って、こんな感じなんだな。ということでみんなこんばんは、ハセリバーです』

「先輩!?　先輩が配信してる！」

──やっぱりだった。

やっぱり、先輩の声だった！

え、これから先輩が話すの!?　このコミュニティのみんなに向けて……!?

『あれ？　マジでこれ、ちゃんとできてる？　初めてだからわかんねー。音楽系の機材ならなんとか使えるけど……』

と、ポコンと音がして、通話の感想チャンネルにコメントが投稿される。

先輩もそれに気付いた様子で、

『お、コメント来た。大丈夫っぽいな。音声とか、変だったら教えてもらえると助かります』

──そんなトークを聴きながら。

先輩の、拙くもフレッシュなしゃべりを聞きながら──わたしは、心臓がバクバク言いはじめたのを自覚する。

何これ……何この感じ……。

知り合いが配信しているのを聴くなんて、初めての経験だ。

それが、こんなにそわそわするなんて。こんなにこう……覗き見をしてるような気分になるなんて。

それに、わたしは気付いてしまう──。

『いやあ、人生初だ。自分で生放送するの。ちょっとあの、ファンコミュ限定でみんなに相談したいことがあって。だから、今日のことは内緒な。SNSに俺が話した内容とか、書かないでもらえると助かります』

……内緒な、というその言葉。

多分先輩……知らないよね？

わたしが聴いてるの、知らないよね……？

ニコちゃんも「お兄には内緒」って言ってたし……わたしが聴いてるのを知らないで、先輩は話をしようとしてる。

つまりこれは……完全な盗み聞き。

言ってみれば……以前先輩がしていたことの、反対だ。

わー………！

なんだか背筋に──ゾクゾクした感覚が走った。

何？　この……背徳感！

ちょっと悪いことしているドキドキと、それでも聴くのをやめられない好奇心……！

先輩も、こんな気分でわたしの配信聴いてたの……⁉

それに、

「……相談。何の話するんだろ」

そう、そこが問題になってくる。

これから先輩が何を話すのか。何をリスナーさんに相談するのか——。

呼吸も忘れて耳をそばだてていると、

『そのー、みんなに聞きたいのはさ』

先輩は話を続ける。

『例の後輩。サキとの件なんだけど……』

「だよね、その話だよねえ……」

……やっぱりそこだろう。

わたしが告白を断っちゃった件……。

『まあ知っての通り、俺とあの子、色々あって。結果として振られたんだ。ああやべ、今思い出してもやっぱり凹むな』

「……ほんとごめんなさい」

思わず、スマホに向けて本気で謝ってしまった。

本当に、先輩にはご迷惑をおかけしまして……。

そこに関しては、お詫びのしようもございません……。

「……ああ、コメントもみんな励ましてくれて。『涙拭けよ』『あれマジで謎だよな』。はたから見てもそうだよね……」

そりゃ謎だよねえ……。

謎過ぎて、最初のうちは自分でも理由がわからなかったわけで……。

『その原因について、みんなに意見聞いてみたくて。ほら、ここのメンツに、サキのリスナーもいるだろ？　だから、一緒に考えてみたいんだ』

「そういうことかあ。確かにコメント欄、見たことある名前がちらほら……」

両方聴いてくれてる人もいるんだね。

どっちが先なのかわからないけど、応援ありがとうございます……。

『なので、今回みんなに聞きたいのは……デデン！「なぜハセリバーはサキに振られたのか」！　雑談用のチャンネルにでも、意見もらえるとうれしいです』

……なるほどね。

迷惑かけてる分こっそり聴くのは胸が痛いけど、正直興味もあった。

みんなからは、なんでわたしが振っちゃったように見えるのか。

先輩のファンからは、わたしは一体どんな風に見えているんだろう。

もしかして……わたしの本心に、気付いている人もいたりするかな……？

なんて考えていると、ポコンポコンと新着の通知音が上がり、

『――って早！　もう思い付いたのかよ！　コメント加速し過ぎだろ！　俺、そんなに振られそうに見えるのか？』

不満そうに言いつつ、それでも先輩はどこかうれしそうな声で、

『まあいいや、読んでみよう……』

と、コメントを読み上げはじめる——。

『えー、「告ったときにハセリバーのチャックが開いてた」。んなわけねえだろ！　いや、開いてたかもしれんけど！　そんなことで振られるか!?』

『はい次！「シスコンなのがバレているから」。シスコンじゃねえよ！　確かにニコは最高の妹だけど！』

『次！「実はハセリバーとサキちゃんは生き別れの兄妹だった」。違うよたぶん！　そんな壮大なやつじゃねえよ！　ていうかこれ、大喜利じゃねえから！　振られた理由でボケろ、みたいなやつじゃねえから！』

「えー何これ……」

勢いのいいトークを聴きながら、わたしは思わず噴き出してしまう。

息ぴったりのやりとりだった。

先輩とリスナーさんのコメントが織りなすコントみたいな言い合い……。

「先輩とリスナーさん、仲良しだなあ。ファンの人とこういう関係なの、すごくうらやましい

「……」

わたし自身は、どっちかというと真面目な話ばかりだから。こういう風にじゃれあえる関係が、とてもまぶしく思える。

そんなことを考えている間にも、先輩は次々コメントを読み上げていて――、

『次！「他に好きな男子ができた」。こういうのやめて！　不安になるから！』

『次！「実はもう彼氏がいる」。やめろって！』

『「実は既婚者」。だったらむしろすげえよ！』

『「ハセリバー程度の男じゃ自分に釣り合わない」。シンプルに酷い！』

――そんなやりとりに。

「あ、今の答え……」

最後に聞こえたコメントに――わたしはふいに、我に返ってしまう。

『ハセリバー程度の男じゃ釣り合わない』――。

「……違うよ」

そうこぼしながら、わたしは小さく笑ってしまう。

「逆なの……」

そう──逆だ。

わたしと先輩の関係は、今のコメントのまったくの逆──。


「わたしが──先輩に釣り合わないんだよ」

──それが、わたしの目の前にある現実だった。

「うん。わたし、先輩に並び立ちたかった。だから、告白を断っちゃった」


──わたしたちは、釣り合わない。

わたしは、まだ先輩の彼女にふさわしくない。

そういう相手に、なれていないんだ。

音楽で、沢山の人を幸せにした先輩。わたしも一リスナーだから、よくわかる。

先輩は、すごい。

高校生としてすごい、とかそういう領域じゃない。多分、本当に一音楽家としてすごい実力を持っている。ニコちゃんにも聞いたんだ。ああ見えて、毎日何時間も、休みの日には十時間以上ギターの練習をしているって。

そんな努力の結果——すごいものを作り出している先輩。

その能力を、沢山の人に認められている先輩。

それに比べて、わたしは何なんだろう。

本当は、ちょっと自信もあったんだ。配信をして、沢山の人に聴いてもらえたこと。数百人の同時視聴者がいて、ファンみたいな人もついてくれて。特別なことができているのかな、なんて思っていた。

けれど——先輩の音楽を聴いて。

それを聴くリスナーたちの反応を見て、きっとわたしは肌で感じたんだ。

「——付き合うなら、誰かの人生を彩れるような、そんな配信者になってからじゃないと……」

そう。

だから「まだ早い」と思った。

先輩の告白を断った。

なら——ここからわたしは追いつきたい。

先輩のいる場所に、一秒でも早くたどり着きたい——。

『はい次！「弾き語りで告られたかった」。ハードル高過ぎる！』

『次！「二次元男子じゃないと受け付けられない」。次元超えないといけないのかよ！』

『次！「ノリで」。パリピみたいな理由で人を振るな！』

『次！「そもそも冷静に考えたら好きじゃなかった」。そこから⁉』

——ひたすらコメントに突っ込む先輩の声を聴きながら。

楽しそうに伸びていくコメント欄を眺めながら——。

「……まだダメだなあ」

わたしは頬杖をつく。

「先輩は、こんなにファンと深くつながってるのに。わたし、リスナー一人も救えてない……」

だから——もう一度考える。

これから、わたしがするべきこと。

そして——、

「どうすればいいんだろう。わたし、どうすればQ太さんを幸せにできるんだろう……」

どんな配信者になっていきたいのかを――。

＊

『――つーことで、みんなコメントありがと』

一通り、コメントとのやりとりを終えて。

間にフリートークを挟んだり曲の話題を挟んだりしつつ、配信はそろそろおしまいの雰囲気になる。

『ほぼ全部大喜利だったけどな……。でも楽しかったし、ちょっと気が楽になったよ』

満足そうにそう言う先輩。

そしてわたしも、

「はー、笑っちゃった。先輩本当に、愛されてるなあ……」

笑い過ぎで目に浮かんだ涙を、指で拭っていた。

もう本当に……面白かった。

相談って言うからシリアスな雰囲気になるかと思っていたけど、実際は芸人さんのラジオみたいだった。寄せれるコメントもみんな面白くて、はがき職人さんみたいで……。

そっか、こんな配信のしかたもあるんだね。ちょっと本当に、勉強になっちゃった。

そして先輩も、手応えを感じていたらしい。

『なんかこれ、また配信してもいいかもなあ……』

楽しげな口調でそう続ける。

『気が向いたら、新曲発表とかに合わせてやるかも。そのときは、聴いてもらえるとうれしいよ！』

うん、確かにまたやってもらいたい！

こんなに楽しい配信なら、毎週でも聴きたいくらいです！

でも……そんなに本気ではじめたら、こっちでも先輩人気者になっちゃうかも……。

そうなったら……うれしいけど、やっぱりちょっと焦っちゃうなあ。またわたしと彼の差が、開いていっちゃいそうで……。

『……そうだ、曲と言えば！』

と、先輩は思い出したような声を上げ、

『最近出した新曲でも流しておこうか。その方が配信っぽいしな』

「え、新曲……」

その言葉に、思わずぎくりとしてしまう。

『準備するから、ちょっとだけ待ってて』

言って、何やらファイルでも探すように、マウスをカチカチ言わせる先輩。

そしてわたしは――、

「ど、どうしよう。まだわたし心の準備が……」

正直――怖かった。

まだ聴いていない先輩の新曲、それを聴いてしまうのが怖かった。

「今聴いたら、なんか……」

きっと良い曲なんだろう。

先輩たちは、一曲ごとにどんどん進化していっている。素人のわたしが聴いていてもはっきりわかるほど、すごいスピードで成長している。

今回の曲も、間違いなくいいもので。もしかしたら、先輩たちの最高傑作と言っていいものかもしれなくて……。

そんな曲を聴いてしまえば、もっと先輩が遠ざかるかもしれない。

わたしと彼の距離を、改めて感じてしまうかもしれない……。

「……もう閉じようかな。メインの話は終わったみたいだし、この辺で」

スマホのディスプレイに指を伸ばす。

逃げるようでちょっと気が引けるけど、今は仕方がないんだ。

もう少し気持ちの準備ができたら、そのときに――、

『――お待たせ、準備できたよ』

ためらっているうちに、先輩が戻ってくる。

そして――、

『この曲も、そのとき思ってることを歌詞にしたんだよなー。同じようなことで悩んでる人の力に、ちょっとでもなれればいいなって……』

その言葉が、引っかかった。

『だから、その辺も意識して聴いてもらえるとうれしいです！』

「……そのとき思ってること」

……そうだ、先輩の気持ち。

先輩も、きっと沢山のことを思ったんだろう。

わたしに振られて、傷ついてしまったかもしれない。

その中で、それでもなんとか前向きでいようと考えてくれているのかもしれない。

新曲には――先輩の、そんな気持ちたちが。

今の本心が、沢山詰まっている――。

だとしたら――。

……わたしの中で、考えの変化が起きる。

臆病に縮こまっていた気持ちに、強い一本の芯が生まれる。

「……そうだよね。いつまでも逃げてられないよね」

深呼吸して、スマホに向き直る。

「……わたしも先輩の気持ち、ちゃんと知ろう」

そうしたいと思った。

落ち込むかもしれないし、やっぱり先輩を遠く感じるかもしれない。

それでも——わたしは彼を知りたい。

彼の考えていることを、誰よりも理解していたい。

理屈じゃなく、強くそう思った。

それは多分……恋をしているから。

「……よし！」

声を出して、気持ちを奮い立たせる。

先輩が——その曲のタイトルを紹介する。

『——じゃあ聴いてください。「Ｐａｇｅｓ」』

[Pages]

LYRICS

大丈夫だよ でもダメかも
考えるほどわからない
いや読んでる本の話だよ
そういうのじゃないからさ

変わりたいって願うのは
たぶん君と出会ったおかげかな
変わらないって選ぶのは
きっと君を大切に思うから
進んでいくことだけが
答えじゃないよね

今日も会いたいな 話したいな
君はどう思っているかな
伝えたいこと夜空に乗せ
自信なんてないけれど
昨日読んだ本の続き
君と重ねて考える
立ち止まるようなそんな日々も
悪くはないし少し休もう

Neko Hacker feat.をとは

流れはじめたその曲に――わたしは背筋が粟立つのを感じる。

軽やかな足取りで歩くようなテンポ。

それを鮮やかに彩るギターと、ニコちゃんのかわいらしい、ちょっと切なさを含んだ声。

そして――メロディに乗る、先輩が紡いだ歌詞。

――距離が空くとか怖いとか。

そんなことを考えていたのが馬鹿らしくなるような――率直な言葉たち。

そうだ、先輩だって迷うこと、困ることばかりなんだ。

うまくいかないことも立ち止まることもあって、それでも……その気持ちを曲にして、リスナーたちに届けている。

不思議な感覚だった。

感動しているのに、尊敬の気持ちは強くなるばっかりなのに……けれど、彼との距離は、決して離れていない。

むしろ、これまでよりも彼のことを理解できたような。近くに感じられるような、そんな気がしていた。

それに――、

「進んでいくことだけが……」

思わず、口の中で歌詞を繰り返した。

「そっか、先輩そんなことを……」

その言葉が、妙に胸に残っていた。

立ち止まることを肯定してくれる、その言葉。

「……でも、これ。もしかしたら」

そして——わたしはふと気付く。

その歌詞の意味。先輩の言うこと。

それは——、

「——もしかしたら、Ｑ太さんへの答えにつながるかも……！」

第 7 話　遊びにきちゃいました

Fly me to the Dawn

When I hear her voice on the stream,
it`s the beginning of a love.

――昼食で使った家族の食器。

流しのそばに置かれたそれを前に、俺はシャツの両袖をまくった。

「ふんふんふーん……」

鼻歌を歌いながら、洗い物の作業をはじめる。

油物とそうでない食器を分けて、まずは後者から。

洗剤のついたスポンジで、順番に汚れを落としていく。

コップについた飲み物の残りが泡と混ざって浮き上がる。

全て綺麗になったら水でつるつるにすすいで、次に水切りかごに効率よく収めていく。

パズルゲームのように並んでいく、様々な形の食器たち――。

この作業、結構音楽作るのに似てる気がするんだよなあ。

それぞれのパーツを決められた手順で綺麗に仕上げて、あるべき形に配置する。

細かい作業を丁寧に仕上げるほど、最後の見栄えがよくなる辺りもよく似ている。

すぐに結果が見えやすい分、音楽よりも小気味がいいくらいかもしれない。

――日曜日。

長谷川家では、俺も二胡もそれぞれ家事を担当することになっていた。

今週は、俺が洗い物と食料品の買い出し担当で、二胡が洗濯と掃除担当だ。

家事は結構好きだ。

掃除だって洗濯だって、洗い物だって大好きだ。

効率化された作業を進めることで、生活が着実に快適なものになっていく。

だから——、

「ふふふふーん、ふーふふふう〜……」

なんだか俺は上機嫌。鼻歌も乗りに乗ってきた。

メロディが自然と浮かんで、ウキウキしてしまう。

……ていうか、今のメロディ結構よかったかも。次の曲で使ってもいいかもな……。

なんて思っていると——、

——てぃんとーん。


玄関のチャイムが鳴った。

「あーい！」

首だけそちらに向け、大きな声で返事をする。

「何だろ日曜の昼間に……配達かな」

多分そうだろな。今日は誰か友達が遊びに来るとか、そういう予定があるとは聴いていないし。両親もさっき出かけて、夕方過ぎまで帰ってこない。

ちらっと見ると、二胡はソファに寝そべりゲームをしている。暇そうだな。

「俺洗い物してるし、二胡行ってくれね？」

「えー、めんどくさーい」

「……なんだよ、しゃあねえな……」

こちらを見ようともしない二胡にため息をつきつつ、俺はざっと手を洗う。

言い合いをしてもしょうがない。ここは俺が折れておくか……。

「はいはい、今いきまーす」

タオルで手を拭き、玄関へ向かった。

ちらりと据え付けの姿見を見ると、ボロボロの部屋着にボサボサの髪の自分が目に入った。

酷い有様だけど……まあいいや。いつもの配達のおじさんにはこれまでもクソダサい姿を見せてきたし、今回もご容赦いただこう。

ということで、すぐそばの棚にある印鑑を手に取り、

「あい、ハンコなら――」

とドアを開けると――、

「――こんにちは」

「……へ？」

――御簾納が、いた。

我が家の前に、私服姿の彼女がいて、

「遊びにきちゃいました」

「……み、御簾納⁉」

反射的に、大声を上げてしまう。

「え、あの、なんでここに……⁉」

一瞬、何かの約束をしていたのをすっぽかしちゃってたか⁉　と思う。

家で会うとかどこか行くとか、そういう約束してたっけ⁉

……いや、してない。

そんな話はしていないはずだ。

それに……なんでここに来れたんだ？

家がどこにあるかなんて、話したことは一度もなかったはずなのに……。

なんで、ここがわかったんだ……。

「──わーいらっしゃい！」

後ろから、めちゃくちゃうれしそうな声がした。

「待ってたよー！」

もちろん──二胡だった。

二胡は満面の笑みで御簾納に駆け寄るとその手を取る。

御簾納はちょっと申し訳なさそうに笑い返して、

「ごめんね、ちょっとだけ約束の時間に遅れちゃった……」

「いいのいいの！　さ、上がって！」

「お邪魔します」

「いやいやいや、俺聞いてねえんだけど！」

俺不在で進んでいく展開に、慌てて割り込んだ。

「御簾納がうち来るとか、一言も聞いてねえんだけど！」

「あー言い忘れてた。今日御簾納ちゃん遊びに来るって」

「おせえよ！　もう到着してんだよ！」

と、もう一度姿見がちらりと目に入る。

そこに映る、休みの日仕様の最高にダサい自分の姿……。

「……ああもう、俺パジャマだし、髪とかぐちゃぐちゃだし！」

「まあ、せっかくのおうちイベントなんだから素を見せるのもありでしょ！」

「そういう二胡はめちゃくちゃよそ行きな服じゃねえか！　変だと思ったんだよな、休日の朝から！」

なんならそのスカート新品だろ！

なんで今日下ろすんだ？　って不思議だったんだよ！

これでようやく謎が解けたよ！

「すいません、先輩。わたしがお邪魔したいってお願いしたんです……」

「……そうだったんだ」

申し訳なさそうに言う御簾納に、ちょっと意外な気分になる。

「ちょっと先輩に聞きたいことがあって。あと、一度お部屋に遊びに行ってみたかったですし……」

「なら、いいんだけどさ……」

なんとなく、最近の御簾納は俺に近づき過ぎるのを避けているように見えていた。

確かに、前に一度「家にお邪魔したい」って言われたことはあったけど。あれから時間は流れて、関係は大きく変わったわけでな……。

振った手前ベタベタするのも、って気持ちもあったんだろうし、ちゃんと自分の気持ちを確かめたい、とかそういう理由もあってか、御簾納は若干俺に対して壁を作っていた。

そして事情はわかりつつも、俺は俺でまあそれに凹んでました……。

告ったあとに距離取られるとか……さすがに大分しんどいんだけど。

それが、どういう心境の変化があったんだろう。

なんでこんな、急に俺の家になんて……。

と、考えていると、

「ということでようこそ我が家へ！　お兄の部屋はこっちだよ！」

二胡が勝手に御簾納を案内しはじめる。

そしてそれに、素直についていこうとする御簾納。

「なんで二胡がエスコートするんだよ！」

慌てて引き留めると、俺は一度ガシガシと髪をかいてから——、

「——ちょ、着替えてくるからリビングで待ってて！」

＊

——ギターを弾かされていた。

自室にて。「弾いてるところ、見てみたいです！」という御簾納のリクエストに応える形で、パソコンから流れる音に合わせて俺はギターを弾いていた。

さほど難しいことはしていない。

昔作った曲の中でもお気に入りのフレーズを、いくつかまとめて弾いているだけ。

けれど……目の前で、瞳をキラキラさせてこちらを見る御簾納と、そのちょっと後ろで、後方腕組み妹面をしている二胡。

「……」

……まあ、やりづらかった。

そんな二人を前にしてギターを弾くのは──めちゃくちゃやりづらかった。

いや御簾納……そんなガン見せんでも……。

欲しいおもちゃを眺める女の子ばりにこっち見んでもええやん……。

そんな大したことはしてねえよ……。

と言うか二胡も、何得意げな顔してるんだよ……。

そんな表情されると絶対ミスれねえだろうが……。

そんな謎の緊張感の中、俺はワンコーラス演奏し終え、

「──ってまあ、こんな感じで普段はレコーディングしてます……」

言いながら、そそくさとギターをスタンドに戻した。

「おお、すごい！　なんか感動しちゃいました！」

御簾納はそう言って、手をパチパチ叩いている。

「先輩がギターを弾いてるとこ、こんな間近で見られるなんて！」

「そこまでのことじゃないだろ……」

照れくさいし、なんだか申し訳ない。

そこまですごい演奏はしてないんだよな。なのにそんなにお褒めいただいちゃうなんて……。

というか、二胡以外の前でギター弾くの、人生初だったかもしれないな……。

と、御簾納は周囲をぐるりと見回し、

「それに、部屋にある機材。すごいですね。わたし、前におうちに行きたいって言ったことあったでしょう？」

「あー、あったな」

「あれを断られたとき、何か男子として隠してるものが、とか思いましたけど、これなら納得です。この機材を片付けるのは無理ですね……」

「だろー！」

ようやく解けた誤解に、思わず大きな声が出てしまった。

「だからあれ、マジで嘘でも何でもないんだよ！　ただ単純に、ものが多過ぎただけで……」

そう、機材全部を片付けるなんてマジで無理なんだよ！

スピーカーにオーディオインターフェイス。ギターにフィジコンに、音の反響を抑える吸音材。数も多いしかさばるものばっかりだし、こいつらを片付けようとすればマジで引越級の作業が必要になる。

　確かに、音楽をやってることを明かしてなかった頃のことだし、御簾納の勘違いも「じゃあないかな」とも思うけれど。それでも、こうして誤解が解けたことには心底ほっとする。

　なのに、

「えーほんとかなー？」

　二胡は何やら、ニヤニヤ笑っている。

「ベッドの下とか見たら、何かよからぬものがあったりするんじゃないの？」

「ねえよ！　シーツめくるなよ！」

「あそうだ！　御簾納ちゃん！　こっちに卒アルがあるよ！」

「え、見たい！」

「お前らほんと自由だなあ……」

　話の展開速度が速過ぎだろ……。

　プログレメタルでもそんなに急展開連発しねえぞ……。

　愕然としている俺のことなどお構いなしに、二胡は本棚から小、中学校の卒アルをひっぱり出す。

そして、御簾納と二人でそのページを開きながら、

「先輩はどこだろう……」

「ここだよ、ほら。この冴えないの」

言って、二胡はページを指差す。

冴えないとは何だね！

まあ確かに、六年四組のメンバーの中にいる俺はもさもさの髪に眠そうな表情で、確かにイケメンとは言いがたいけど……。

ただ、

「あーかわいい！」

そんな中、御簾納だけは十二歳の俺の姿に頬を緩めている。

「小学校のとき、こんな感じだったんだ！　少年だー」

「ちなみに、中学のときはこんなです」

「こっちは大分今の面影あるね！　でもやっぱり幼くて、今よりもかわいいかも。今もかわいいけど……」

「え、嘘でしょ。今のお兄とかかわいさゼロでしょ」

……まあな。それは否定できないわ。

百歩譲って小学校、中学校時代の俺がかわいかったとしても、さすがに今の俺をかわいいは

無理がある。御簾納、マジで恋はなんとやらってやつじゃん。こいつには俺がどう見えてるんだ……？

と、そこまで考えたところで——、

「……ちょ、ちょっと待てよ二人とも！　何の話をしてんだよ！」

俺はふいに我に返った。

「御簾納だって、別にこんなことしに来たわけじゃないんだろ⁉」

「……え？　ああ、まあ……」

「さっき聞きたいことがあるって！　その話はどうなったんだよ？」

なんとなく、卒アル鑑賞タイムに入っちゃったけど。

俺もそれに乗っかって、うっかり話に入っちゃったけど、もっとやるべきことがあるんじゃないのか？

だったら早く、その話題に入ろうぜ！

このままだと、マジで見られたくないものとかどこかから発掘されそうだし！

「そっか、そうですよね……」

うなずくと、御簾納はぱたりと卒アルを閉じる。

そして、一呼吸してこちらに向き直り、

「もうちょっとお部屋観察したかったですけど……本題に入りましょうか」

……心臓が、小さく一拍跳ねた。

思いのほか、真剣な表情の御簾納。

何だろう……。自分から、早く本題に入るように言ったけど……。

御簾納は一体、何をしにわざわざ家まで来たんだろう……。

「……あのですね」

深呼吸して、御簾納はそう前置きする。

そして――、

「――なんで先輩の告白を断っちゃったのか、ようやくわかりました」

「……マジか」

「わたし、並び立ちたかったんです、先輩に」

「並び立ちたい？」

「胸を張って先輩の隣にいたかった。そのために、配信者として成長したかったんです。誰かの人生を、良い方向に変えられるような配信者に――」


「……そう、だったのか」

腕を組み、俺は考える。

胸を張って俺の隣にいる。

そのために、配信者として成長する……。

御簾納、そんなことを考えてたのか……。

「……もう十分すごいと思うけどな」

正直なところ、いまいちピンとこなくて。

俺は素直な感想を、ぽろっと口に出した。

「あれだけのリスナーやファンがいて、ずっと配信を続けてて……」

むしろこっちが尊敬しているくらいなんだ。

誰の助けも借りず、配信をはじめた御簾納。最初はうまくいかなかったけれど、徐々に配信者として人気を得て、沢山の相談に乗ってきた御簾納……。

曲を作っておきながらそれを世に出せずにいた俺よりも、よっぽど立派だったんじゃないかと思う。実際、俺たちが曲を公開したのは、そんな御簾納に影響を受けてのことだったし。

それでも、

「でも、先輩の方がずっとすごいんです」

御簾納は真剣な顔でそう言う。

「少なくとも、わたしにとっては」

「……そっか」

御簾納にとっては、事実としてそうなんだろう。

だから、まずはその前提を呑み込んでみたいと思う。

そして、その上で御簾納が考えていることを知りたい。

「だから、わたしはまずQ太さんの相談を、解決したいなって思ってます。幼なじみに振られちゃった、あの人の悩みを。それがわたしのやるべきことなんじゃないかなって。それで、その……」

と、御簾納は考えるように視線を落とし、

「最近、先輩たちが作った新曲、あるでしょう？　この間公開された『Ｐａｇｅｓ』」

「……うん」

思わぬ方向に話題が飛んだ。

少しだけ戸惑いながら小さくうなずくと、

「あそこに……その鍵がありそうに思ったんです」

「……あの曲に⁉」

え⁉　どういうこと……⁉

いや俺、あの曲は単に……その頃感じたことを歌詞にしてみただけなんだけど。

御簾納の悩みや直面したこととは関係なく、俺の気持ちを言葉にしただけ。

なのに……そこに鍵が？　一体、どういうことなんだろう……。

「ええ。だから、色々聞かせてもらえませんか？」

言うと、御簾納は小さく首をかしげ。

「あの曲のことや、作った頃に考えていたことを……」

「……もちろん、それは構わないよ。御簾納の力になれるなら」

俺は御簾納にうなずいて見せる。

まだ、具体的なことはよくわからないけれど。それがどうして役に立つのかはわからないけれど、協力したいと思う。

告白だとか返事だとか、そういうことを別にしても。俺が御簾納の力になれるなら、できることはしてやりたい。

「……ありがとうございます」

「ただそうなると……よし」

ほっとしたような表情の御簾納。

けれど、俺はあることを思い付き——その場に立ち上がる。

御簾納に、『Pages』を作ったときのことを話すなら。あの曲を、歌詞を、どうやって思い付いたのか伝えるなら——行きたい場所がある。

「ちょっと……今から散歩しようか」

＊

「――この通りが、俺のいつもの散歩コースでさ」

見慣れた路地を歩きながら。

俺は、少しあとについてくる御簾納、二胡にそう言った。

休日の昼過ぎ。住宅街の中を走る小さな路地には、冬の柔らかい光が満ちている。

近くを通り過ぎる配達の車のエンジン音と、どこかの家から聞こえてくる子供の声――。

「いいですね、のどかな住宅街で……」

言って、御簾納も大きく深呼吸した。

「わたしの家も近くですけど、この辺りの方が落ち着いてますね……」

「だろ？　俺も子供の頃から好きでさ。『Ｐａｇｅｓ』の歌詞も、こうやって散歩してるときに思い付いたんだ。あの頃、やっぱり苦しいことが多くて、気分転換してたときに」

「……そうだったんですね」

そう、あの頃は言ってみれば、かなりの暗黒期だった。

御簾納には振られ、曲の歌詞はまったく思い付かず……。

何もかもがうまくいかなくて、どんよりと毎日を過ごしていた。

そんなとき、ふと思い立って近所を歩いてみて。それが、予想外に問題を解決する突破口になったのだった。

「しんどそうだったねー当時は」

「だなー……」

目を細めて言う二胡に、俺はうなずく。

考えてみれば、こいつにも結構心配かけただろうな。

曲は上がってるのに歌詞はいつまでもできないし。凹んでるのは丸わかりだったろうしな……。

なんて思っていると、二胡はふいに意地悪な笑みを浮かべ、

「……あのね、夜な夜な部屋から悲しげなギターが聞こえてくるの！」

御簾納にそんな告げ口をする。

「いかにも『俺に構って！』みたいな。そのたびに慰めにいかなきゃいけないから、大変だったよー！」

「ちょ、言うなよそれ！」

「もう時効でしょ」

「いやまだ一ヶ月も経ってねえから！　……とにかく！」

と、俺は話を仕切り直し、

「やっぱり不安が大きかったし、そうすると後悔とか『あのときこうすれば』みたいなこともどんどん増えてってさ。前に進まなきゃ、進みたいって気持ちがあるのに、身動きできないのがキツかった。特に、それまでがうまくいってた分、焦りもあってな……」

そう、進めたいのに進めない。それが辛かったんだ。

俺がギターの練習を好きなのは、『やった分だけうまくなる』からだ。

毎日の練習は辛いけれど。一日何時間、十何時間もギターを弾き続けるのはなかなかに大変なところもあるけれど、やればやるほど演奏力は上がっていく。努力は報われる。

だからこそ、俺は毎日一歩一歩技術を積み上げて、ここまで来ることができたんだ。

けれど――人間関係はそうはいかない。

どれだけ強く願ったって、どれだけ毎日努力したって、前に進めないことがある。

それどころか……大切なものを失ってしまうことさえあるんだ。

それが苦しかった。どうしようもなく不安だったし、後悔だって山のように生まれていった。

「……すいません、そんな思いをさせて」

「いいんだって」

酷くすまなそうな御簾納に、俺は笑って見せてから――、

「で、この坂の上。階段上ったところが目的地なんだけど」

言って、歩いてきた路地の脇。

小さく続いているとある坂の方に、視線をやった。

はっきり言って、大した坂じゃない。

家々の間に延びた、年季の入った短い勾配だ。

階段が数十段あって、その先も少し小高い住宅街に続いている。

地図に載っているかも怪しい、ストリートビューには確実に映されていない、近隣の人のための通り道。

それを一段ずつ上りはじめながら、

「そのときもこんな風に、ここを一人で上ってさ」

ついてくる御簾納と二胡に、そう話す。

「別に初めて来たわけでもなかったんだけどな。日常の一部って感じで、全然印象に残ってなくて。でも……ほら」

——坂の上に到着した。

御簾納と二胡を待ってから——俺は今来た方を振り返る。

「あの日、ここに立って町を見下ろしたときに、景色が普段と違って見えたんだ」

「へえ……」

隣で御簾納が目を細める。

風が短く吹いて、二胡の青い髪がかすかに揺れた。

広がっているのは——のどかな住宅街の景色だ。

少し高い位置から見える、家々の屋根たち。

それがずっと遠くの方まで続いていて、青空が優しくそこに被さっている。

「何だろ、別に絶景ってわけじゃないんだけど……」

ほう、と息を吐きながら。

俺は御簾納たちにそう続ける。

「坂だって普通だし。辺りの家が遠くまで見えるってくらいだ。あっちに学校があって、あそこにスーパーがあって……。ほら、あのコンビニで、御簾納と買い食いしたことがあったよな」

「……ですね」

「御簾納ちゃんは、何か知ってる建物見える？」

「そうだなあ……」

二胡の問いに、御簾納は景色をじっと眺め、

「あ、あそこ、ほら。あっちに見えるマンション、あれがわたしの家だよ」

「へえ！　あのデカいマンションか！　ほー、すげー……」

あんなお洒落な家に住んでるのか。数年前にできた、なんかハイテクな感じのマンション。

でも、うん。確かに御簾納に似合う気がする。御簾納、ああいう家から配信してそうなイメ

ージ……。

「それから、あそこに見える幼稚園がわたしの通ってたところです。そこがいつも行く本屋で、あっちが行きつけの薬局で……」

「御簾納ちゃんの暮らしてるところも、ここから見えるんだね」

「そうだね。こんな風に眺めるのは、初めてだけど……」

「俺もそうだったよ」

目を眇める御簾納に、俺もそう言ってうなずいた。

「それでさ、これを眺められたことに、意味があった気がしたんだ」

「この景色を……ですか」

「うん」

何度も通ってきた道だった。生まれてからずっと暮らしてきた町で、見慣れている景色のはずだった。

けれど——その日、初めてこの坂の頂上で、こうして振り返って。

いつもと違う角度から街を見て、胸に湧き上がるものがあった。

「やっぱり、前に進むのって基本的にはいいことだと思う。これからもそれを目指してたい。音楽作るにしても、御簾納との関係にしてもな」

そう。俺は前に進んでいたい。

義務感とか焦りとか、そういうこととは関係なく、ただそれが楽しいから、できるだけ前進し続けていたいと思う。

「……でも」

と、俺は御簾納の方を向いて、

「それだけが正解じゃないなって思った。ときどき立ち止まったり、引き返したり。そういうのも本当は必要なんじゃないかって。そのおかげで、自分の気持ちとか、自分のいる場所がわかる、みたいな……」

「気持ちと、場所……」

あの日、ここに来て。

こうして景色を眺めていて——ふと自分のいる場所がわかった気がした。

確かに前に進めないでいるかもしれない。もどかしい気持ちだって否定できない。

けれど、俺の立っているこの場所には、大好きなものが沢山ある。

作り出してきた曲たち。

リスナーとの間に生まれた関係。

二胡や両親という、大切な家族。

そして——御簾納という存在。仲はこんがらがってしまったけれど、今も俺は御簾納を大切に思う。御簾納も、きっと同じなんだろう。

会いたいと思うし、気持ちを伝えたいと思う。

だから今この瞬間は——決して悪いものじゃない。

俺の周りには、欠かせないものが沢山あるんだから——。

「だったら……俺はそんな時間を大切にしたい」

そのときの実感を込めて、俺は御簾納にそう言う。

「そういう気持ちを込めて、あの曲を作ったんだ」

「なるほど……」

風が吹いて、御簾納の髪を揺らしていく。

「立ち止まったり、引き返したり……そういうことを、大切に」

それは何か、意味を少しずつかみ砕いて、自分のものにしているように見えて。

俺の言葉を、口の中で繰り返す御簾納。

少なくとも、何かの形で俺の言葉が響いたのかな、と思えて、

「……少しは力になれたかな？」

「ええ、ありがとうございます……」

御簾納が、こちらを見て小さく笑った。

そんな笑顔は——肩の力の抜けた笑顔は、ずいぶんと久しぶりに見たような気がした。

「じゃあ、もう少しこの景色見てようよ！」

「ああ、そうだな」

「うん、わたしもそうしたい」

二胡の提案に、俺と御簾納がうなずく。

辺りをもう一度吹き抜ける風。

昼間の日差しに、辺りの寒さは少しだけやわらいだ気がする。

冬が深まっていく中、ぽっと生まれた暖かい日。

今日は小春日和。

「……本当に」

柔らかい光に目を眇め。

風に髪を揺らしながら、御簾納はつぶやくように言った。

「良いところですね……」

＊

「ありがとうございます、こんなところまで見送りに来てもらって」

自宅マンションに向かう路地を歩きながら。

こちらを振り返り、御簾納は改めて俺にそう言う。

「いや、いいんだよ。今日は俺も楽しかったし」

「そうですか。ならよかったです……」

橙色の夕日に照らされながら、御簾納はほっとした様子で笑った。

なかなか波乱に満ちた幕開けだったけど。家の前に立つ御簾納を見たときには、何事かと本気でビビりまくったけど……。それでも、うん、今日は良い一日だったと思う。

こうして御簾納に力を貸すことができたのもそうだし、やっぱり単に楽しかったんだ。休みの日に、御簾納と一緒にいられるのが。

週一でしか会えないのって寂しいんだよな……。

できることなら、毎日でも会いたいくらいなわけで……。

それに、今日はもう一つ得たものがあって、

「……ていうか、ありがとな」

「ん？　何がですか？」

切り出すと、御簾納は不思議そうに首をかしげる。

「……あの、これまで俺、実感がなかったんだよ。音楽作って、それがネットで評価されて。でも、生活は今まで通りだし、何かをできたって感じがなかったんだ……」

そう、本当に不思議な感覚だった。

作ったチャンネルの登録者数、曲の再生数がどんどん伸びていく。

好意的なコメントがチェックし切れないほど書き込まれて、中には本気で「命を救われた」なんて言ってくれているものさえあった。

もちろん、俺も二胡もそれをとてもうれしく思った。

長年の夢が叶ったわけで。二人で記念にカラオケに行ったりもした。

ただ……生活は変わらない。

これまで通り学校に行って、ギターの練習をして、曲を作る日々。

豪邸に住むようになったわけでもマスコミに追われるようになったわけでも、大観衆の前でライブをしたわけでもない。

だから——どこか現実感がなかった。

俺たちの音楽が、世界のどこに届いているのか、よくわからなかった。

自分たちが何かを成し遂げたようには、到底思えなかったんだ。

「……けど今日」

言って、俺は御簾納に笑いかける。

「御簾納のおかげで、俺の音楽にもちょっとは意味があったのかなって思えた……」

ようやく、俺は実感できた。

どんどん伸びていく数字の向こうに、生身の人間がいたこと。

書き込んでくれるコメント全てが、沢山の人たちの気持ちから生まれていたことを。

もちろん、まだまだ本物の人気ミュージシャンと比べればささやかなものだ。

もっともっと、沢山の人に俺たちの曲を聴いてもらいたいと思う。

けれど少なくとも——俺たちはほんの少しだけ、世界にプラスを生むことができたんだ。そんな風に、思うことができた。

「ちょっとじゃないですって。リスナーだって、きっとわたしと同じこと思ってますよ」

「あはは、ありがとう……」

そして、俺は小さく息を吸い、

「……だからその、頑張って」

一番に御簾納に伝えたかったことを、口に出す。

「Q太の相談に応えるの、俺も応援してるよ」

「ええ」

はっきりとした返事だった。

自信に満ちた、迷いのない、覚悟の決まった御簾納の声——。

そして少し前を歩いていた彼女は振り返る。

「……あと少しですから」

沈んでいく夕日を背負うようにして、御簾納はそう言った。

「すぐに先輩の隣に立ちますから——見守っていてくださいね」

第 8 話 そろそろ配信はじめましょう

Fly me to the Dawn

When I hear her voice on the stream,
it`s the beginning of a love.

——御簾納が家に遊びに来た、次の水曜日。

そろそろ日付が変わろうかという、深夜の自室で。

『——え、谷崎先生がですか？』

「そうそう、意外だろ？」

『でも、言われてみれば納得感があるかも。あの人、実は結構強情だから……』

俺は——ベッドの上で御簾納と通話していた。

配信前、ちょっと話がしたくなったらしい。御簾納から連絡があって、こうして通話をはじめて……そろそろ一時間くらいが経っていた。

なんだか、じんわりと幸せだった。

マットレスの上に寝そべって、スピーカーで御簾納と雑談をする時間。

考えてみれば……これまでこういうチャンスって、あんまりなかったんだよな。

図書室にいるときは雑談なんてしにくいし、帰り道を一緒に歩けるのも長くて数十分。

そもそも、最近は関係がギクシャクしていることもあって、雑談自体ができずにいた。

だから、こんな風に『普通の会話』をのんびりできることが、なんだか特別で幸せだ。

——ただ、

『……ああ、先輩。そろそろ配信の時間になりました』

ふと気付いた様子で御簾納が言う。

そう、今日は水曜日。配信の日だ。

そもそもこの通話も「放送の時間までちょっと付き合ってください」なんて言われてはじめたものだった。

「おお。じゃあもう切るか」

『ですね。ごめんなさいこんな夜中に付き合ってもらっちゃって』

「いやいや、俺も話せてうれしかった」

ちょっとだけ寂しいけれど、これぱっかりは仕方がないからな。

このあとは一リスナーとしてサキの配信を聴くことにしよう。

『あー、でも緊張する！』

スピーカーの向こうで、御簾納がそんな声を上げた。

『今夜、Q太さんにお話をするんで……』

「そっか。頑張ってな、応援してるから」

『ありがとうございます』

なるほど、今日話すんだな……。

なんとなく、御簾納の緊張感が伝染したのか。俺の心臓も、ＢＰＭをちょっとだけ上げたような気がした。

『……あ、じゃあついでに』

と、御簾納が思い付いた声を出す。

『何か気分が楽になるようなこと言ってくれません？』

「……楽になる？　たとえば？」

『ん――……もう一回わたしに告白とか？』

「え――……」

何だよそれ……。

一度振られてるのにもう一回告白しろとか、なかなか無茶なこと言うな、御簾納も……。

けれど、

『お願いします！　今夜だけなんで！』

必死にそう頼み込まれると、あんまり無下にもできない。

「わ、わかったよ……」

俺は小さく咳払いすると、恥ずかしさに顔が真っ赤になるのを自覚しながら、

「その……好きなんで、頑張ってください」

スマホに向かって、消え入りそうな声でそう言った。

『……ふふふ。ありがとうございます。元気が出ました』

「……ならよかった」

本当に御簾納の声が明るくなって、俺も思わず笑ってしまう。

そんな風に喜んでもらえるなら、恥ずかしいことを言った甲斐があったかもしれない。

「俺も、配信聴いてるからな」

『わかりました。頑張ってきます。それでは』

「うん」

通話が切れて――部屋に静けさが降りる。

時計を見上げると、日付が変わるまであと数分。

だから俺は、鈍い緊張感を覚えつつ動画サイトのアプリを立ち上げ――すでに作られていた今日のサキの配信枠をタップ。放送がはじまるのを、固唾を呑んで待ちはじめた――。

＊＊＊

「――ふう。ふふふ。本当に気が楽になった……」

先輩との通話を終えて、スマホをデスクに置き。

わたしは、ずいぶん気持ちが軽くなっているのに気付いて思わず笑ってしまう。

Q太さんに考えを伝えることを決めて、緊張でガチガチになっていて……このままじゃダメだ、と急に先輩に頼っちゃったけど。

まさか本当に、こんなにリラックスできるなんて……。

……ふふ。

次に会ったときには、もう一度ちゃんとありがとうと伝えておこう。

——さて。目の前のデスクでは、すでに配信の準備が整っている。

時刻は、そろそろ日付が変わるところだ——。

「……じゃあ、はじめよう」

一つうなずくと、わたしは大きく深呼吸。

普段通りに配信前のルーティンをはじめる。

「マイクＯＫ、ヘッドフォンＯＫ、アプリＯＫ、お茶ＯＫ。んん……。喉もＯＫ」

——うん、今夜も全て問題なし。

あとは——普段通りのわたしで、正面から配信に向き合うだけだ。

マウスを手に取り、ポインタを配信開始ボタンに持っていく。

そして、もう一度大きく深呼吸してから——指に力を込め、わたしは今夜の配信を開始した。

「よし。スタート！」

＊＊＊

——スマホから、いつもの配信BGMが流れ出す。

コメント欄の流れが加速し、「きたー」「こんわた」なんて文字列がディスプレイを流れていく。

「お、はじまった……」

つぶやきながら、思わず背筋を伸ばしてしまった。

今夜の放送は、これまでよりも集中して聴きたい。

大きく深呼吸すると、深夜でぼやけていた視界がかすかにクリアになった気がした。

そして——、

『——んーよし。どうかな。うん、ちゃんとはじまってますね』

彼女の声が——御簾納の声が、スピーカーの向こうから聞こえる。

『ということで、恋はわからないものですね。こんばんは、サキです。今夜もラジオ番組「恋は夜空をわたって」、一時間ほどお送りしたいと思っています。最後までよろしくね』

普段通りの声だった。

いつもの御簾納と変わらない、落ち着いて穏やかな声——。

ちょっとは力になれたのかなと、俺は一人誇らしい気分になる。

『今夜はね、まずちょっと報告なんですけど。この間、先輩のお家に遊びに行ってきました。そう、例の先輩。それで、ギター弾いてるの見せてもらったり卒アル見たりして。すごく楽しくて……』

さっそく、御簾納がそんな報告をする。

コメント欄がさらに加速した。表示される、リスナーたちの驚きの声。

『付き合ってないのに家に行ったんですか⁉』

『ハセリバーよくOKしたな』

『今二人どういう関係なんだっけ』

……マジそれな。急に来られて俺もビビったし。

『それから、先輩と妹さんと散歩してね、わかったことがあるんです』

言ってから、御簾納は短く言葉を切り、

『……Q太さん、聞いてくれてるかな？』

数百人いるリスナーたち。

その中の『彼』に向かって呼びかける。

『ちょっと今から、これまでの相談についての話をしようと思います。わたしなりの答えが出たので。できれば聞いてもらいたいです』

——数秒おいて、反応があった。

コメント欄に流れる、彼の書き込み——。

『いますよ、聞いています』

『サキさんの答え、教えてもらいたいです』

リアルタイムで、Q太も配信を視聴していたらしい。

そのことに、なぜか俺も妙に感慨深い気分になる。

元カノとの関係に苦しみ、御簾納に相談を持ちかけてきた彼。

何度もメールで彼女とやりとりをしていたQ太が、今世界のどこかで、俺と同じように配信を聴いている——。

『よかった。ありがとう、聞いてくれて……』

ほっとした様子で、御簾納はふっと息をつく。

『じゃあちょっと、考えてきたことをお話ししたいと思います……』

言うと、御簾納は短く間を空け、マウスを何度かクリックする。

BGMが変わり、それまでの切なげなものからどこか前向きな楽曲になる。

そわそわしながら、彼女が続ける言葉を待っていると、

『まず……わたし、やっぱりQ太さんにどうしても幸せになってもらいたいんです』

御簾納は、そんな風に話を再開させた。

決心が滲む、はっきりした彼女の声。

『一生懸命幼なじみを好きでいた。なのに失恋してしまった。それ以降も、Q太さんは彼女にきちんと気持ちを伝えてきましたよね……。振られるなんて辛いだろうに、あくまで冷静でしたし、誠実でしたし。すごいなと思いました』

「……本当にな」

思わず、部屋で一人つぶやいてしまった。

「俺なんて、御簾納に振られてあれだけテンパったし。ギター弾きまくって、曲まで作っちゃったからな……」

そんな俺に比べて、Q太は毅然としていた。

それは並大抵の気持ちの強さでは、到底取ることのできない態度だっただろう。

Q太がそんなことをできたのは、きっと彼が真摯な人だったから。そして、彼にとって――その恋が、かけがえのないものだったから。

『いつか、自分も同じような経験をするのかもな、と思います。大切な誰かに気持ちを受け入れてもらえない、って経験を……。だから、どうしても諦めてほしくなくて。こういう人こそ幸せになるんだって、わたし自身が信じたかったんです……』

その気持ちは、痛いほど理解できる。

はっきり言えば、俺は怖いとすら思っていた。

Q太のような人が、こんなにも辛い思いをするなんて。

理不尽にも不幸な目に遭うなんて。

だから——起きた出来事は、全部伏線であってほしいと強く思った。

ここから、Q太は幸せになる。起きていた問題は嘘みたいに解決して、元カノとよりを戻して楽しい毎日が戻ってきて……御簾納は感謝される。リスナーもほっとする。

そんな結末が待っていると、どうしても信じたかった。

なのに——現実はそうはいっていない。

状況はひたすら悪化、Q太の手元からは、ただただ希望がこぼれ落ちていった——。

『それでね……』

喉をかすらせ、御簾納は言う。

『……ごめんなさい、大事な話なんで』

「……頑張れ、御簾納」

酷く震える彼女の声に、思わずそんなセリフが口をついた。

きっと——御簾納はこれから結論を伝える。

そんな彼女をこの部屋から、ぎゅっと拳を握り俺は応援する。

『それで、ずっと考えていたんです。どうすれば、Q太さんが幸せになれるのか。大切だった気持ちを、ふいにしないですむのか。だから、考えて。本当に沢山考えて。わたし、思いました』

そして——御簾納は呼びかける。

『Q太さん』

——結論を、伝える。

『もう諦めませんか？』

『その恋が終わりなんだって、受け入れてみませんか？』

——その答えは。

リスナー誰もが頭に浮かんでいただろう、けれど到底言い出せなかった答えだった。

それを——御簾納が、はっきりと伝えた。

俺はじくりと心臓が痛んだのを感じる。

『諦めたくない気持ちは、とてもよくわかります。その思いが、大切なものだったからですよね……』

切実な声で、彼女は続ける。

『いつまでも傷ついているのが、その気持ちを大切にしている証しみたいに思えていたのかもしれません。その恋を美しくしていられる、最後の手段が傷つくことだったんじゃないかって……』

そうだ、そんなＱ太の気持ちが俺には理解できた。

きっと、他のリスナーもそうだったと思う。

だからこそ、傷つき続ける彼に本気で向き合い、その話を聞いてきた。

彼にその先が――報われる未来があるかのように振る舞って、誰のためかわからない気持ちの延命を続けてきた。

けれど、

『でも、本当は別の道があると思うんです』

御簾納は、はっきりとそう言う。

『立ち止まったり引き返したり、そうして見えることもある。自分がいる場所がわかって、何かを大切に思えたりもする……そんな風に、わたし自身が気付きました』

その言葉に、もう一度心臓が跳ねる。

『だから……気持ちを終わりにする。自分の中で、けりをつけていく。そういう大切にしかたも、あるんじゃないでしょうか』

と、そこで御簾納は声を明るくして、

『最近読んだ小説にね、こんなことが書いてあったんです。「恋は終わり際が肝心なんだ」って。きっとあなたの恋の終わりは、その大切さにふさわしい、美しいものになると思います』

──思わず、うなずいてしまった。

美しい。

高校生が口に出すには、ちょっと気恥ずかしい言葉だけど。

仰々しくて大げさで、ちょっと抵抗があるけれど……うん、御簾納の言う通りだ。

Q太の恋は、ここまでの彼の努力は、結末を含めて美しいものだったって、そう言えるような気がする。

『……あなたが一生懸命恋をしていたことは、わたしがずっと覚えていますから』

御簾納の声が震える。

けれど、そこに確かな『笑み』のニュアンスを込めて、

『きっと一生、忘れないと思いますから。だから、その恋を終わりにしませんか？　……今はわたし、そう思っています』

──話がそこにいたって。

ふう、と。大好きなバンドのフルアルバムを聴き終えた気分で、俺は大きく息を吐き出した。

『ここで一曲お届けします』

スマホの向こうで、御簾納がそう言う。

『本人に許可をもらったので、この曲を。「Pages」』

わずかな間を空けて――聴き慣れたそのイントロが流れ出す。

そこに、小さな責任感を感じながら。

今、Q太がこの曲を聴いていることに緊張感を覚えながら――、

「……なるほど。終わらせる、か」

はっきりと、御簾納が告げたその言葉を、俺は反芻する。

「前に進むだけが、正解じゃない……。そうだよな、そんな未来も、あるはずなんだよな……」

自分が歌詞に込めていたその言葉。

俺自身を励ますために書いた、とても個人的なフレーズ。

それが、こんな意味を持ってくるなんて……。

……不思議な感覚だった。

自分自身の言葉の意味を、他の誰かが教えてくれたような気分。

その考えの価値を、それで何ができるのかを、その例を御簾納が見せてくれた――。

――納得感があった。

今のQ太が置かれている状況。その先に待っているであろう未来。

明るいとは思えなかったそれを、御簾納がその言葉で照らしてくれた感覚。

ただ問題は――Ｑ太がそれを、どう受け止めるかだ。

俺が納得したって仕方がない。リスナーが快哉を上げたって意味がない。

問題は、彼が御簾納の提案に、何を思うのか――。

『……あ！　Ｑ太さん！』

ちょうど、『Ｐａｇｅｓ』の再生が終わろうというところで。

ポコンという通知音がして御簾納が声を上げる。

俺も、慌ててコメント欄に目をやって、

「……ほんとだ！　コメントが来てる！」

Ｑ太が書き込んだ文字列を見つける。

『ありがとうございます』

彼は、そんな言葉で書き込みをはじめていた。

そして――、

『正直に言うと、サキさんが話しはじめたときにはとても傷つきました』

『なんでそんなことを言うんだろう。ここまで頑張ってきたのに、どうしてそんなことを勧めるんだろう、そう思いました』

「……そうだよな」

――ぐっと、息が詰まった。

「そんな風に思っても、おかしくないよな……」

確かに、御簾納が言うことには納得感がある。

そんな風にしか、受け止めていくことはできないんだと思う。

それでも――Q太にとって、残酷な結論であることにかわりはない。

そのことは、どうしたって否定できない。

『――けれど』

Q太は、その上でこうコメントを続ける。

『サキさんの声が震えるのを聞いて。そのあとの一生懸命な話を聞いて、自分がとても楽になっているのに気が付きました』

『恋を終わらせる。終わらせることで、自分の気持ちを大切にする。そんな方法も、確かにあるのかもしれません』

『もしかしたらそれこそが、今の僕に必要なことなのかも』

ぽつぽつと、間を置いて投稿されていくQ太のコメント。

その有機的なタイミングに、速度の揺らぎに、俺はこれがQ太という、どこかにいる誰かの生の感情であることを思い知る。

誰かが誰かの言葉を受け入れていく、明け透けなその過程――。

そして――、

『あるいは、そうやって美しく終わらせる方法を求めて、僕はサキさんにメールを出したのかもしれませんね』

――ああ、と、そのコメントを目にして思った。

届いた。

御簾納の言葉が――彼女が悩んで悩んでたどり着いた、結論が。

Q太の心に、きっと今収まった。

『相談に乗ってくれてありがとうございました』

Q太は、そんな風に書き込んでから。

『自分の気持ちは決まりました。この恋を終わらせようと思います』

『……そうですか』

深く息を吐き、御簾納が言う。

『こっちこそありがとうございます。Q太さんと必死に悩んだここしばらくの配信は、わたしの宝物です』

『僕にとってもそうです。サキさんは人生を変えてくれました。ありがとう』

『それから』

『先輩、振ってしまったままなんですよね？』

『そ、そうですね……』

御簾納の声が、これまでとは別の動揺で揺れる。

そして俺も――スマホを前にして、唐突に呼ばれて「ひょっ⁉」みたいな声が出た。

『早くもう一度気持ちを伝えて、二人で幸せになってくださいね』

『……ふふ、わかりました』

こらえ切れなかった様子で、御簾納が小さく笑う。

それをきっかけに――張り詰めていた配信の雰囲気が緩んだ。

『わたしもQ太さんに負けないように、自分の気持ちを大切にしたいと思います。……改めてですけど、メールくれてありがとう』

そして御簾納は――親しい友達にそう言うように。

小さく手を振るようにして、Q太にこう言った。

『じゃあ、またね』

*

――放課後。

御簾納と並んで昇降口を抜けると、凍るような冷たさが肌を刺した。

「おー、大分寒くなってきたな」

思わずつぶやいて、ほうと息を吐く。

空気が白くけぶって、短く漂ってから消えていく。

厚手のコートを着ているけれど、首元や指先の冷たさに冬本番が来たことを実感した。

「もうすぐ冬休みですしねー」

隣の御簾納も、マフラーに深く首を埋める。

「今年は冷え込むらしいですよ。年末年始、都内でも雪が積もるかもって予報でした」

「マジかあ」

それは楽しみ半分、心配半分って感じの話だな。

個人的には雪は大好き。積もったりしたら正直はしゃいじゃうし、去年も二胡と二人で雪合戦したりした。とはいえ、電車が止まったり転んだりを考えると、ちょっと心配でもあるな。

どうかほどほどに降ってくれますように。

「……そう言えば」

と、正門を出た辺りで俺は切り出す。

「先週はお疲れ。Q太、納得してくれてよかったな」

「そうですね。先輩が応援してくれたおかげです。ありがとうございます」

「言うほど何もしてないけどな」

小さくほほえむ御簾納に、俺も笑い返した。

実際、何もしてないんだ。ただ俺は、いつものように曲を作っただけ。

そこに御簾納が何かを見いだすことができたのは、本人の感性が鋭かったからだ。

……でもまあ、役に立てたならよかった。

そのことは、内心誇りに思ってもいいのかなと思う。

「あと、先輩」

と、ぽろっと御簾納は続ける。

「ん？」

「わたしたち、付き合いましょう」

「あー……」

そうな、付き合うな。そろそろそうしてもいいかもな。

――なんて、一瞬普通に受け止めかけてから――、

「……って、え⁉　軽！」


大声を上げてしまった。

思わず、歩く足も止めてしまった。

だって……え！　そんな感じ⁉　そんな一言で⁉

「お前そういうのはもっと、溜めたり大事な話がある感じで言うもんじゃないの⁉」

コンビニ寄りましょう、みたいな、そんな雰囲気でそれ言うか⁉

結構大切なことだと思うんだけど⁉

けれど、

「それも考えたんですけど、さすがにここまで待たせ過ぎたので」

あくまで御簾納はけろっとした顔つきだ。

「溜めに溜めてきちゃったので、さくっと言うのが親切かなって。それに、わたしも配信者として自信がつきましたし。もっと自然に、先輩の隣に立ちたいんです」

「にしてももうちょいあるだろ！　段取りというか、言うべきこととというか！」

「そうですか」

確かにそうかも、みたいな顔をする御簾納。

そして彼女は――真っ直ぐこちらを見ると。

「――じゃあ、先輩」

はっきりとした声で、俺にこう言う。


「好きです。付き合ってください」

――そんな彼女の表情に。
真っ直ぐ届けられた言葉に――ドキリとしてしまって。

「……こちらこそ、よろしくお願いします」

答える声が、なんだかわずかに震えてしまった。

──けれど、ようやく。

ようやく、こういう関係に収まることができたみたいだ。

お互いを、大切にしあうことを許す間柄。お互いへの好意を、受け入れあう関係。

ふっと笑って、御簾納が歩き出す。

なんだか不思議な気分だった。

うれしいし、幸せだと思う。楽しいことも、大変なことも待っているんだろう。

先の見えない未来が、俺たちの前に広がっている。

同じようなことを考えていたのか、

「……これからわたしたち、どうなっていくんでしょうね」

ぼんやり空を見上げ、御簾納はそう言う。

「彼氏彼女になって、関係が変わって。配信者として、もっと頑張りたいとまで思っちゃいました し……」

「ほんとだな。全然わからないな、先のことなんて……」

なんて、そんな風に相づちを打ちながら──、

「──あ、これか！」

ふいに、ビビっと背中を貫くひらめきがあった。

「これが『恋はわからないものですね』か！」

「……ん、それ茶化してるんですか？」

「違うよ！　同じ気持ちにたどり着いて感動してるんだよ！」

「同じ気持ち、ですか……」

その言葉を咀嚼するように、小さくうつむく御簾納。

でも……俺、マジで感動したんだ。

その言葉は、ただの配信開始の挨拶だと思っていた。

そりゃ、意味がないとは思わないし御簾納も真剣に選んだんだろうけど、もはや挨拶みたいなもので。そこに実感だとか、共感を覚えることは一度もなかった。

でも……今、本気で思った。

恋、わからないものだな！

「本当に並び立ったんですね、わたしたち……」

「だな……」

「……そうか、だとしたら」

と、御簾納は何やら気付いた顔になる。

そして、小走りで俺の前に回り込むと——こちらを覗き込み、こんなことを言った。

「わたし――やってみたかったことがあるんです！」

エ ピ ロ ー グ スタンド・バイ・ユー

Fly me to the Dawn

When I hear her voice on the stream,
it`s the beginning of a love.

――女子のお部屋にお邪魔するなんて、初めてのことだった。

マンションの中層階にある、御簾納の部屋。

お洒落な小物が並び、窓からは遠く新宿の灯りが見える、海外ドラマみたいな空間――。

目の前のパソコンには配信の機材がつながっていて、そこにはなんとなく親近感を覚えるけれど――、

――壁に掛けられた女物の服。

――全体的にピンクで統一された内装。

そして――漂っている何か甘い匂い！

そういうものに、俺はもはやノックダウン寸前だった。

心臓バクバクだし、こんな場所にいていいのかわからない……。

な、なんか……ちょっと悪いことしてるような気分……。

それに、問題はそれだけじゃなくて――、

「さあ、そろそろ配信はじめましょう、先輩」

――予定時間が近づいて。

隣に腰掛けた御簾納が、そう言ってヘッドフォンをつける。

「ちょ、ちょっと待ってくれ！　まだ気持ちの準備が……」

「大丈夫ですよ。前にも一度出てるんですし。ハセリバーは、わたしの配信でも愛されキャラで通ってますから」

「お兄、頑張れー」

後ろから、同伴してくれている二胡が応援の声を上げる。

「そうは言ってもなあ……」

借りている椅子の上で、大きく息を吐く。

こんな状況で、簡単に大丈夫なんて思えねえよ……。

御簾納の部屋にお邪魔して、オフコラボの形で配信に出るなんて……。

「ゲストで出てもらうだけなんですから、そんなに気張らなくて大丈夫です」

「でも最近は、５００人くらい聞いてるだろ？　気張らないとか絶対無理だよ！」

５００だぞ！　ライブハウスだったら結構な規模だ！

うちの高校の一学年の生徒数より多いんだぞ！

そんなの、緊張しないわけないだろ！

「もう、しょうがないですね……」

呆れたように、御簾納は笑う。

「じゃあ……いつもわたしがしているルーティンを、一緒にやりましょうか」

「ルーティン？」

「そう。配信に必要なものを順番に確認していくんです。大した意味はないんですけど、配信者モードになれるおまじないです」

「なるほど。そっか、そういうのがあると落ち着くかもな」

でも、スポーツ選手しかりミュージシャンしかり、本番前のルーティンを持っている人は少なくないだろう。

それは知らなかったな……。

実際俺も、ギターを録る前には指を一本ずつしっかり伸ばすのがルーティンみたいになっている。

「でしょう？　だから、やってみましょう」

「おう、わかった」

なんだか楽しそうな御簾納に言われて、俺はうなずいた。

そして——俺たちは、ひとつひとつ配信の準備を確認していく。

「マイクは大丈夫ですか？」

「うん、ＯＫ！」

「ヘッドフォンは？」

「ＯＫ！」

「アプリはどうです？」

「大丈夫！」

「飲み物は用意しました？」

「うん、あるよ」

「喉はどうですか？」

「んん……。うん、良い調子だ！」

「了解です」

ふっと笑い、うなずく御簾納。

そして、彼女はマウスに手を伸ばし――、

「じゃあ、いきましょうか」

ポインタを『配信開始』ボタンに置いて、こちらを向いた。

――猫みたいな目が俺を射貫く。

その口元が描く楽しげなカーブ。

黒髪は部屋の灯りを受けて艶めいて、頬には淡い赤みが差している。

心臓が小さく跳ねるのを自覚しながら、

「ああ……よろしく！」

俺は彼女にうなずき返した。

――大丈夫だ、と思う。

俺はきっと、うまくやれる。

大変なこともあるだろうけど、これからを乗り切っていくことができる。

だって――。

俺の隣には――ほのかな温かみがある。

芯があって、強情で、かわいくて真面目で誇り高い俺の恋人。御簾納咲が並んでいる――。

「では、配信スタート！」

そして――その声と同時に。

俺と彼女の配信が。新しい毎日がスタートした――。

エクストラコンテンツ　明日、春が来る前に

Fly me to the Dawn

When I hear her voice on the stream,
it`s the beginning of a love.

「――デートしませんか？」

そう言い出したのは、御簾納の方だった。

年が明けて少し経った、図書委員会終わりでのことだった。

「週末、二人でお出かけしません？」

「……へ⁉」

「いえ、その……」

驚く俺に、御簾納はもじもじと視線を逸らして、言い訳みたいに続ける。

「これまであんまりそういうことしませんでしたし。せっかく彼氏彼女になったんですし。話したいこともあって……」

正直、動揺してしまった。

俺も、デートしたいなとは思っていたんだ。

付き合い始めて一ヶ月。なのに結局会うのは図書委員のときだけ。

そろそろ、休みの日に遊びに行くとか、そういうカップルっぽいことをしたい。

けど……初めての『それっぽい』お誘い……！　しかも向こうから！

めちゃくちゃドキドキするんだけど！

どうしよ、服とか新調した方が良いのか……？　デートコースとか細かく設定して、楽しま

せられるよう頑張った方がいいのか⁉

なんて動揺しつつも、俺は彼女にうなずき、

「お、おう……行こう」

「やった。ありがとうございます……」

御簾納も、図書室のカウンター内で嬉しそうに微笑んだのだった。


そして――約束していた週末。

俺と彼女は二人して繁華街に繰り出し――、

「――ああー‼　先輩、横位置完璧です！」

「よし、やったな！」

ゲームセンターのクレーンゲーム前で、思いのほか盛り上がっていた。

「あとは奥行きだけ上手く揃えられれば……落とせそうですよ！」

「お、おけ、任せとけ……！　いくぞ……」

「はい……！　あー、いいですね、いいですね……今です！　ストップ！」

「ど、どうだ⁉」

「完璧です！　よし、いけるかな……」

「よーし、いけ、いけ……おお！　落ちた！」

「やったー！」

二人して歓声を上げ、取り出し口のぬいぐるみを取る。

御簾納が最近気に入っているという、人気のアニメのキャラだ。

そして、俺はそれを彼女に差し出すと、

「ほら、どうぞ」

「いいんですか⁉」

「もちろんだよ、御簾納にあげたくて取ったんだから」

「わあ……ありがとうございます！」

ぬいぐるみを受け取り、ぎゅっと胸に抱く御簾納。

「かわいい……ふふ、うれしいです」

その表情が本当に幸せそうで、ぬいぐるみを撫でる表情は見たことないほど柔らかくて……

うん、頑張って良かったなと俺は密かに満足感を覚える。

——楽しかった。

御簾納との初デートは——色んな不安が嘘だったみたいに、めちゃくちゃ楽しかった。

一緒に映画を見るのも、雑貨屋や服屋を見て回るのも、彼女が隣にいるだけでなんだかすごく幸せだ。

考えてみれば、去年の春頃から今まで、御簾納と俺は定期的に顔を合わせてきたわけで。

もう十分に打ち解けているし、色々あってお互い信頼もしている。一緒に遊びに行けば、楽しくなって当然なのかもしれない。

そんな風に、浮かれながら様々お店を見て回り。

俺たちは、一息つこうとカフェに入ることにした。


「……そう言えば」

飲み物を手に席について。

御簾納と向かい合ったところで、俺はふと思い出す。

「御簾納、話したいことがあるって言ってただろ？　どうしたん？　なんかあった？」

そんなことを、言っていたはずなんだ。

最初にデートに誘ってくれたとき、御簾納は「話したいこともあって」と付け加えていた。

というか、なんとなくそれが本題っぽい雰囲気もあった。

そろそろ夕飯時も近くなってきたし、相談でもあるならここらで聞いておきたい。

「ああ……それ、なんですけど」

紅茶のカップをお皿に置くと、御簾納は小さく口ごもり。

迷うように視線を泳がせてから、

「……その……ｎｉｔｏって、ミュージシャン……いるじゃないですか」

予想外のフレーズを、小さく口に出す。

「……ああ、俺が最近めちゃくちゃハマってる人な」

訝しげに思いながら、俺は彼女にうなずいた。

ｎｉｔｏ。

動画サイトのピアノ弾き語り動画がきっかけで、大人気になりつつある若手ミュージシャンだ。年齢は、多分俺たちと同じくらい。高校一、二年生だと思われる。

自分たちとは音楽性が全然違うのだけど、その曲のあまりの良さに俺は彼女の大ファンになってしまって、毎日ひたすらｎｉｔｏの曲ばかりを聴いていた。なんなら、御簾納や周りの友人にも薦めまくっていた。信者と言っても過言ではないレベルだ。

けど……、

「それがどうしたん？」

「その……ｎｉｔｏさんって、大手芸能事務所じゃなくて、小さい個人事務所みたいなところに所属してるんですね……」

ひどく言いにくそうに、御簾納は言葉を続ける。

「ｍｉｎａｓｅってＷｅｂライターが主催したところで、所属してるのもｎｉｔｏさんだけで……。でも、音楽だけじゃなく、色んなクリエイターをサポートすることを、今後は考えてるみたいで……」

「……ふん」

なんとなく、彼女の口調と内容に『予感』を覚え始める。

ちょっと信じがたい予想と、こみ上げる胸騒ぎ――。

「で、ｎｉｔｏさんの活動が軌道に乗ったから、今その事務所、次の所属クリエイターという
か、そういうひとを探してるみたいで……」

と、御簾納はちらっとこちらを見る。

そして――心配そうに。

なにかに怯えるように、こう続けた――。

「……わたしに、配信者として所属しないかって……」

「……なるほどね」

「このあいだ、ｍｉｎａｓｅさんからそういう連絡があったんです……」

やっぱり――そういうことだったか。

御簾納は今も、配信者サキとして熱心に活動している。

リスナーは順調に増えているし、有名な漫画家や作家がリスナーであると公言することもあ

ったみたいだ。

そしてついに――その活動のサポートを申し出る者が現れた、ってわけか。

……にしても、nitoと同じ事務所。

どこかに所属することがあるかもとは思っていたけれど、そこまでのレベルになるとは。

内心俺もビビりまくってしまう。

「……でも！　正直ちょっと悩んでるんです！」

と、慌てた様子で御簾納は続ける。

「突然のことでしたし……どうしようかな、って……」

言って、御簾納はもう一度、ちらりとこちらを見る。

「だから、先輩の意見、聞きたくて……」

――彼女の考えは、よく理解できた。

俺に気を遣っているんだ。

俺が憧れているミュージシャン、nito。

その事務所に自分が所属することで、俺が辛い思いをしてしまわないか。彼女は、そんなことを気にしているんだろう。多分、本人が似たようなことに悩んできたから、より一層。

だから俺は――、

「……御簾納自身は、どうしたいんだよ？」

まずは、そう尋ねた。

「正直なところ、配信者としてどうしたい？」

「……それは」

と、御簾納は口ごもり、

「……確かに、もっと頑張りたいと思ってました。ただ、そうなると一人ではちょっと限界があって……。色々やりたいことはあるし、規模も大きくしていきたいし、クオリティも上げたいんですけど……そこまで手が回らないんです。だから、声をかけてもらえたときは……すごくありがたいなって……」

……なるほど。本人は、むしろそうなることを待ち望んでいた。

だとしたら、心配しているのは純粋に俺のことだけなんだろう。

俺がどう思うのか、傷ついたり苦しんだりしないのか。

「だったら――」

大きく息を吸うと、俺は顔に笑みを浮かべ、

「――所属するしかねえだろ！」

――御簾納にはっきりと言う。

「いやすげえな、それ！　あのnitoと同じ事務所⁉　いくしかねえじゃんそんなの！」

「……ほ、ほんとですか？」

「おう！　マジうらやましいし、なんか俺もうれしいよ！」

「そう、ですか……」

ほっとした様子で、御簾納は口元を緩める。

「よかった……先輩にそう言ってもらえて」

「何心配してんだよ！　むしろ楽しみだって、これからどうなるのか。だからうん、頑張ってな！」

「なるほど……ありがとうございます」

と、御簾納は顔を上げ、決心したような表情でうなずくと、

「じゃあ……所属する方向で、お返事しようと思います。相談乗ってくれて、ありがとうございます……」

「いやいや、礼を言うようなことじゃねえって！」

うなずいて、俺はコーヒーを一口飲む。砂糖の甘さと、その向こうにある苦み。

——本当は、ちょっと焦っていた。

御簾納が、大きく前進する。

配信者として、チャンスを手に入れつつある。

そのことに、不安がないとは言えなかった。

これをきっかけに距離が空いてしまうんじゃないか。遠くの存在になっちゃうんじゃないか。

アンバランスな二人になっちゃうんじゃないか——。

けれど……きっとそれは、御簾納が俺に対して抱いていた不安と同じものだ。

彼女が苦しみ、正面から立ち向かった問題そのもの。

だったら——俺は、覚悟を決めて追いかけたい。

彼女がそうしてくれたように。御簾納の隣がふさわしいやつであれるよう、これからも成長していきたい。

だから——、

「……負けねえからな」

俺は、彼女に笑いかける。

「御簾納に負けねえよう頑張るから——これからもよろしくな！」

その言葉に、御簾納はちょっとびっくりした顔になると。

「……ええ、こちらこそ」

そう言って、もう一度頬を緩めたのだった——。

あとがき

……いやああああ、楽しかった！　今作原稿、書くのマジで楽しかった‼

どうもこんにちは、岬鷺宮です。

いやね、普段は自分、どっちかというとシリアスな青春ものを書いているんです。だから『恋わた』みたいにコミカルな作品ってちょっとレアで。そのうえ、1巻を経てキャラも一層自由になってくれたので、執筆中はひたすら楽しかったんです。書きながら自分で笑っちゃうレベル。こんなの初めてでした……。

ということで『恋は夜空をわたって2』、お付き合いいただきありがとうございました！

1巻よりもラブコメ成分増し、青春成分も引き続きしっかりと、って感じでしたが、いかがだったでしょう。お楽しみいただけたなら幸いです……。

ちなみに今作。ご存じの方も多いと思いますが、STUDIO koemeeというWebレーベルの『聴くanime』として最初は制作されました。動画サイトや各種配信サービスで楽しんで頂ける、音声×動画、みたいな感じの作品ですね。

そこで1巻、2巻部分ともに、声優の花守ゆみりさん、伊藤昌弘さん、岡咲美保さんのお三方にそれぞれ御簾納、長谷川、二胡を演じていただいたんですが……。

いやもう、衝撃でした。

お芝居、すごすぎる。

役者の皆さんが演じて下さることで、それぞれのキャラが圧倒的な存在感を持ってくれる。

こんなに面白い表現方法が、ライトノベルのすぐそばにあったなんて。

今作をきっかけにして、完全に芝居にハマってしまいまして。元々好きだったアニメを見るときはもちろん、実写の作品を見るときにもお芝居が気になってしまう。さらには、舞台作品まで鑑賞するようになってしまいました。

というか、お芝居に憧れすぎて、なぜか自分が『外郎売り』という基礎練を始めるレベル。僕自身が役者になれるとは思わないんですけど、その表現のすごさを少しでも小説に取り込みたかったんですよね。

そんな風に、僕に変化をくれた役者の皆さんのお芝居が楽しめる『聴くａｎｉｍｅ』版は、ＹｏｕＴｕｂｅやＳｐｏｔｉｆｙなどで配信中です。本編を読んで面白いな、と思ってくださった方は、是非そちらもチェックしてみてもらえると幸いです！

ということで、『恋は夜空をわたって2』でした。またお芝居と、それからこれを読んでくださっている皆さんとご縁がありますように！

ありがとうございました！

岬鷺宮

◉岬 鷺宮著作リスト

「失恋探偵ももせ1〜3」（電撃文庫）
大正空想魔術夜話「墜落乙女ジエノサヰド」（同）
「魔導書作家になろう！1〜3」（同）
「読者と主人公と二人のこれから」（同）
「陰キャになりたい陽乃森さん Step1〜2」（同）
「三角の距離は限りないゼロ1〜8」（同）
「日和ちゃんのお願いは絶対1〜5」（同）
「空の青さを知る人よ Alternative Melodies」（同）
「恋は夜空をわたって1〜2」（同）
「あした、裸足でこい。」（同）
「失恋探偵の調査ノート〜放課後の探偵と迷える見習い助手〜」（メディアワークス文庫）
「放送中です！にしおぎ街角ラジオ」（同）
「踊り場姫コンチェルト」（同）
「僕らが明日に踏み出す方法」（同）

本書に対するご意見、ご感想をお寄せください。

ファンレターあて先
〒 102-8177　東京都千代田区富士見 2-13-3
電撃文庫編集部
「岬 鷺宮先生」係
「しゅがお先生」係

本書は書き下ろしです。

電撃文庫

恋(こい)は夜空(よぞら)をわたって２

岬(みさき) 鷺宮(さぎのみや)

2022年10月10日 初版発行
2023年５月５日 再版発行

発行者 山下直久
発行 株式会社KADOKAWA
〒102-8177 東京都千代田区富士見2-13-3
0570-002-301（ナビダイヤル）
装丁者 荻窪裕司（META＋MANIERA）
印刷 株式会社KADOKAWA
製本 株式会社KADOKAWA

●お問い合わせ
https://www.kadokawa.co.jp/（「お問い合わせ」へお進みください）
※内容によっては、お答えできない場合があります。
※サポートは日本国内のみとさせていただきます。
※ Japanese text only

※定価はカバーに表示してあります。

ISBN978-4-04-914583-0 C0193 Printed in Japan

電撃文庫 https://dengekibunko.jp/

電撃文庫創刊に際して

文庫は、我が国にとどまらず、世界の書籍の流れのなかで〝小さな巨人〟としての地位を築いてきた。古今東西の名著を、廉価で手に入りやすい形で提供してきたからこそ、人は文庫を自分の師として、また青春の想い出として、語りついできたのである。

その源を、文化的にはドイツのレクラム文庫に求めるにせよ、規模の上でイギリスのペンギンブックスに求めるにせよ、いま文庫は知識人の層の多様化に従って、ますますその意義を大きくしていると言ってよい。

文庫出版の意味するものは、激動の現代のみならず将来にわたって、大きくなることはあっても、小さくなることはないだろう。

「電撃文庫」は、そのように多様化した対象に応え、歴史に耐えうる作品を収録するのはもちろん、新しい世紀を迎えるにあたって、既成の枠をこえる新鮮で強烈なアイ・オープナーたりたい。

その特異さ故に、この存在は、かつて文庫がはじめて出版世界に登場したときと、同じ戸惑いを読書人に与えるかもしれない。

しかし、〈Changing Times,Changing Publishing〉時代は変わって、出版も変わる。時を重ねるなかで、精神の糧として、心の一隅を占めるものとして、次なる文化の担い手の若者たちに確かな評価を得られると信じて、ここに「電撃文庫」を出版する。

1993年6月10日
角川歴彦